ちくま文庫

さみしいときは青青青青青青青

少年少女のための作品集

寺山修司

筑摩書房

さみしいときは青青青青青青青　目次

さみしいときは青青青青青青青

若い手帖

1

たとえば五月の星を百万までも数えようとする。
おおきな椅子の
上にやわらかい平衡がある。
少年よ。一体僕はどこにいて、そしてだれを待つているのだろうか。

2

バラ色の雲を破つて足の長い郵便夫があらわれる。

彼はとても若いので〈幸福〉にスタンプは押さない。
少年の内にいる僕が耳をすませば僕を訪れる森の少女のソネット。

3

忘れたふりをすることは愉しいことである。そうだ、僕はおまえをしらなかつた。
——たそがれ、展覧会の画の前で僕はひとり言をつぶやいていたのだつた

4

〈あれはほんとの青空だよ〉
〈おまえの頬にアプラクサスを書いてやろうか〉
〈知らないね〉

枝に時間がひつかかつた。山羊が教科書の方で鳴いている。

失くしたくないので僕は何も考えはしない。マクダエルの牧歌がキヤベツに沈むとちよつぴり涙ぐんで食欲を増す

5

6

あゝけれども4Bの鉛筆で夜を塗ると星が無限にでてくるのだ。
この星の光はしかし決して一瞬もおなじではないのに
僕はどこにいるのだろうか。
そうしてだれを待つているのだろうか。

五月の詩・序詞

きらめく季節に
たれがあの帆を歌ったか
つかのまの僕に
過ぎてゆく時よ

夏休みよ　さようなら
僕の少年よ　さようなら
ひとりの空ではひとつの季節だけが必要だったのだ　重たい本　すこし
雲雀の血のにじんだそれらの歳月たち

萠ゆる雑木は僕のなかにむせんだ
僕は知る　風のひかりのなかで
僕はもう花ばなを歌わないだろう
僕は小鳥やランプを歌わないだろう
春の水を祖国とよんで　旅立った友らのことを
そうして僕が知らない僕の新しい血について
僕は林で考えるだろう
木苺よ　寮よ　傷をもたない僕の青春よ
さようなら

きらめく季節に
たれがあの帆を歌ったか
つかのまの僕に
過ぎてゆく時よ

二十才　僕は五月に誕生した

僕は木の葉をふみ若い樹木たちをよんでみる
いまこそ時　僕は僕の季節の入口で
はにかみながら鳥たちへ
手をあげてみる
二十才　僕は五月に誕生した

自己紹介（抄）

海について

十七歳

海を知らぬ少女の前に麦藁帽《むぎわらぼう》のわれは両手をひろげていたり

これは、ぼくが十七歳のときの歌である。

海辺の町で生れたぼくが、自転車旅行で出逢った山峡《さんきょう》の少女に、海のひろさについて説明するために両手をひろげて見せていたのも、今ではくやしい思い出になってしまった。

当時のぼくは、自分の両手で説明できない世界などがあろうとは、思ってもみなかったのである。

少女はぼくの「両手いっぱいの海」を、まるで新鮮な果実《かじつ》でも想像するように、目を輝かして肯《うべな》った。このときが、他人に、海について語ったぼくの最初の記憶である。

十八歳

海が La Mer《ラ・メール》で、女性名詞であることを知ったとき、ぼくは高等学校の三年生になっていた。あの雄大なユリシーズの海が、なぜ女性なのか、ぼくには理解できなかった。

ただ、海が女性である以上、たやすく自分の裸を見せることは、ぼくの自恃《じじ》が許さなくなった。そしてぼくは泳ぐ、ということに疑問を持ちはじめた。

海が女ならば、水泳は自分がその女に弄《もてあそ》ばれる一方的な愛撫《あいぶ》にすぎないではないか。

ぼくは、あの青い素晴しい海が、どちらかと言えば母親型の海であることを惜《お》しんだ。

そしてドビュッシーの「海」という曲などは、海のエゴイズムを知らない曲である、と思った。

ある日、ぼくは海を、小さなフラスコに汲《く》みとって来た。下宿屋の暗い畳の上に置かれたフラスコの中の海は、もう青くはなかった。そして、その従順な海とぼくとは、まるで密会でもするように一日だまって見つめあっていた。

十九歳

もう、ぼくは海が恋しくはなくなっていた。ぼくは大学のある都市へ出たのである。ぼくは一篇の詩を書いた。

ぼくの失った言葉を
遠い町で
見知らぬ誰かが見出すのは
こんな夜だろう
海がしずかに火を焚《た》いている

二十歳

一人の女の部屋で、寝台の下にスリッパをそろえて脱《ぬ》ぎ、その女の肉体のなかで

「海」にふたたびめぐり逢ったとき、ぼくはもう二十歳になっていた。ぼくは、その女の肉の水平線に耳をおしあてて海を聴《き》いた。

みすぼらしい淫売宿《いんばいやど》の二階で、学問に疲《つか》れきった二十歳のぼくが、海とこんな出逢い方をするとは思いがけないことであった。

しかし、ぼくはめぐり逢った海に憩《いこ》うことは出来ても、それへ向かって泳ぎ出してゆくことは出来なかった。ぼくはもう、海について語るために両手をひろげることもないだろう。

青春というのは、幻滅《げんめつ》の甘やかさを知るために準備された一つの暗い橋なのだ。

二十一歳

ぼくは地球儀の海を黒く塗《ぬ》りつぶした。

浴槽《よくそう》に、かわりの海をいっぱい充《み》たしたぼくは自分の体を洗った。エリュアールの『花ばな』という句が思い出された。

「ぼくは手で、自分をつかんでみる。

過ぎた昔のほうから、くらべもののない静寂《せいじゃく》が立ちのぼる」

二十二歳

生れた町へ帰って、ぼくは夜、一人で寝るときに、月夜の海へ向かって、ほんのすこしだけドアをあけておいた。

だれが入ってくるというのでもない。ただ、夢ははてしなく青い海原《うなばら》に、幻のヨットが無数にうかび、ただよっているのであった。

ぼくは怒濤《どとう》の洗礼に、はじめてあこがれた。それは官能のうずきのように、ぼくの男の血をかきたてた。(そして、ぼくは寝落ちてゆきながら、真夏の海の潮鳴りを求めつづけていた)。

ぼくのなかで海が死ぬとき、ぼくははじめて人を愛することが出来るだろう。

二十七歳

だが結局、すべては徒労《とろう》であった。ぼくは酒場へ行き、オレンジを剝《む》き、女と寝た。

それをくり返し、年を経《へ》て、なおも今、ぼくの目の前には荒々しい真夏の海が、まるでぼくの理想のように洋々とひろがってある。

ぼくは海に自殺を強《し》いられつづけてきた、自分の不幸な二十年をかえりみる。

ぼくはもしかして、これから海よりも魅惑《みわく》的な一人の女に出逢うことはあるだろう。

だが、その女さえも、ぼくの哲学をくつがえすことは出来ないのではなかろうか。

なぜなら……「物語は終っても海は終らない」と思われるからである。

船の中で書いた物語

ぼくは海賊が好きだった。

「パイレーツ」ということばを聞くと、よく胸がおどったものだ。だから日がな、バイロン卿《きよう》の「われらは若きパイレーツ」という詩を暗誦《あんしよう》しては一人暮らしの寂《さび》しさをまぎらわしていた。


これからはじまるのは、船の中で書いた物語である。

ぼくの船は音楽でできた船で、ビバルディの「四季」の帆《ほ》をはりめぐらし、モーツァルトの音を敷《し》きつめた船室で、ぼくはドビュッシーの「海」を聴《き》きながら瞑想《めいそう》にふけった。

中世風の家具什器《じゆうき》、ベルリオーズの音の煙のなかから現れてくる幻の召使いたち。

なにもかも申し分なかったが、それらは夜になるとみんな消えてしまうのだった。レコードをとめると、ぼくは貧しい下宿暮らしの一人の詩人にすぎなかったから。

船の中で書いた物語は七篇ある。

だがぼくの船はとうとう一度も航海《こうかい》しなかった。

だからぼくはまだ、地中海もマダガスカル島も見たことがない。

海のアドリブ

1

海の絵ばかり描《か》いている画家の話はどうですか？

自分の描いた海へ投身自殺《とうしんじさつ》しようとして、毎日毎日青い海の絵ばかり描いている画家の話です。

いくら描いても、絵の海は「絵」にすぎないので、彼の望みはかなえられそうもありません。彼はますます貧しくなってゆくし、画商《がしよう》たちは彼を相手にしなくなってしまいます。彼の裏町の小さなアトリエには、まるで鉄色をした寂《さみ》しい海の絵が一枚あるだけで、ほかの家具什器《じゆうき》は売りはらってしまったため、なにひとつありません。

とうとう、レモンのような月の出た夜、その画家は自分の「海の絵」に自信を失《な》くしてしまって、一人そっと波止場《はとば》へ出かけて行き、ほんものの海にとびこんで自殺をしてしまうのです。

ところが、彼がほんものの海にとびこんだとき、彼のアトリエの「海の絵」にドブーン！　という水音がして、白いしぶきがあがったと言うのです。

そんな寂《さみ》しい海の絵があったら、ぜひ一枚欲《ほ》しいものです。

2

毎晩毎晩、海へ来てはバケツで海の水をかき出している一人の女の子を見たことはありませんか？　髪《かみ》の長い、目の大きな女の子です。

「なにしてるの？」と訊《き》くと、「海の水をかき出しているの」と答えてくれます。

「かき出してどうするの？」って訊《き》くと、「底のほうに、小さな赤い櫛《くし》を落としたから、それを拾《ひろ》わなくちゃ」と言います。

バケツで海の水をかき出すなんて――とぼくが笑うと、女の子は、「でも毎日毎日やってるもの。いつかはきっと汲《く》み出してみせるわ」と泣きだしそうになって言うのでした。

（たぶん、よほど大切な赤い櫛《くし》なのでしょう）。

でも、なんだかそういえば、近ごろ海の水がほんのすこし少なくなったような気がしませんか？

3

エリナ・ファージョンの童話は、こんなふうにはじまっています。

「むかしむかし、すべての魚がまだ海にすんでいたころ、一匹の金魚が海にすんでいました」

ぼくは、この童話が好きです。ぼくは、探偵小説でよく使う、犯人を「泳《およ》がせておけ！」という用語もまた好きです。ぼくはいつでも「泳いでいる」と思っているのです。

海のない町に住んでいるくせに。

4

一人の詐欺師《さぎし》の罪状《ざいじょう》について。

「右の者は、海を売ると言って町を行商《ぎょうしょう》して歩き、求めたるものにコップ一杯の塩水を売りたるものなり。これは誇大広告《こだいこうこく》並びに詐欺行為《さぎこうい》なり。よって遠島《えんとう》の刑《けい》に処《しょ》するものなり」

しかし、詐欺師は抗議《こうぎ》した。

「詐欺《さぎ》じゃない！　私の売ったのはほんものの海の水ですぞ」

すると裁判官は答えた。

「事実なんか問題じゃないんだ。大切なのは、ムードなんだ」

5

海を知らぬ少女の前に麦藁帽《むぎわらぼう》のわれは両手をひろげていたり

燈台《とうだい》に風吹き雲は時追えりあこがれきしはこの海ならず

アパートの鉄管口をしたたれる水よ恋しき海を想えば

6

フランス語の家庭教師と議論しました。「海」という単語は、女性名詞か男性名詞かということについてです。

私は「海」は男性名詞に決まっている、と言いました。そうでもなければ、女の子たちが、あんなに海の噂《うわさ》をしたがるわけはないと思ったからです。

しかし、家庭教師は海の冠詞《かんし》は"La"でラ・メールであるから女性名詞なのだ、と言いました。

私は、家庭教師の帰ったあとで、こっそり辞書《じしょ》をひいてみました。すると海はやっぱり女性名詞なのでした。

海を見ると、なんとなく頰《ほお》がほてるようになったのは、この日からです。

7

ダミア婆《ばあ》さんのシャンソンのレコードを棚《たな》から落として割《わ》ってしまいました。「海で死んだ人はみんなカモメになるのです」という歌も、こなごなになってしまいました。

そこで、私は鳥類図鑑《ちょうるいずかん》をひらいて「カモメの生れる理由」について考え直さねばならなくなりました。

8

百人に一人くらい、女の人の胸に耳をおしつけて聞くと海の音が聞こえるというのです。心臓よりもさみしいその音を、聞きたいと思いました。

だけど汗ばんだ有閑《ゆうかん》マダムも、白い薬局の少女も、バア「老船」のホステスも、肉づきのいい映画女優も、詩の好きな人妻も、髪の長い女学生も、眼鏡をかけた女性編集者も、月の好きな娼婦《しょうふ》も、おしゃべりな食堂のウエイトレスも、好色なＯＬも——

どの女の人の胸に耳をおしつけて聞いても、海の音は聞こえませんでした。

それなのに、人は私のことを浮気だと言う！

9

こんなにたくさん、海のことを書いたのにこのページが濡《ぬ》れていないなんて変だと思いませんか？

変なはずです。

ぼくは嘘《うそ》ばかり書いたのです。

さよならの壜詰《びんづめ》

1

「さよなら」ということばはどんな形をしているか？

　ということを真面目《まじめ》に研究していた言語学者がついにその正体《しょうたい》の発見に成功した。それはレントゲンで写《うつ》し出すと、おぼろげながら輪郭《りんかく》がはっきりして、生物のようにのびたりちぢんだりするものだったのである。

「さよなら」は、こんな形をしていた。これは痩《や》せた鳥のようでもあり、地図にはのっていない、地中海の小さな島のようでもあった。

　音声《おんせい》学者の意見によると、「さよなら」の「ら」の音に感情のニュアンスがこめられるので下部《かぶ》の形が乱《みだ》れたのであろう、と言う。のびちぢみするのは「さようなら」

と、「う」を入れて長く発音する人と「さよなら」と短く言う人があるためらしい。

ともかくも、言語学者はこの研究に費《つい》やしてきた二十年間の成果がついに実《みの》ったことで上機嫌《じょうきげん》であった。

彼はそれを壜詰《びんづめ》にした。

次の土曜日の学会に提出して、「形象《けいしょう》から見た言語の構造の具体的一例」とかなんとか難《むつか》しい報告をするつもりだったのである。

2

ところが言語学者は、二十年間の「さよならの研究」の疲《つか》れがどっと出て、帰る途中の電車の中で居眠りをしてしまった。居眠りをしたまではよかったが、終電車の片《かた》隅《すみ》に「さよならの壜詰《びんづめ》」を忘れてきてしまったのである。

（これは悲しい事件である。読者はここで、ヘンリー・マンシーニあたりの曲を思いうかべながら、次へ読みすすんでいただきたい）。

3

それを拾《ひろ》って帰ったのは貧しい恋人たちである。二人は一週間前から同棲《どうせい》しはじめたばかりで、マリは小さな劇場のストリッパー、ジョーはその劇場の照明係であった。

——これは、一体なんだろう!
とジョーは首をかしげた。
——なんだか知らないけど……。
とマリはくたびれきった口調《くちょう》で言った。
——おかずにはなりそうもないわね。
——わかるもんか。食ってみればうまいかも知れん。
——でも、壜《びん》にラベルが貼《は》ってないじゃないの。
——どうせメーカー品じゃないよ。
——それもそうね。
——こんな壜詰《びんづめ》が売ってるのを見たこともない。

それでも、月にすかして見ると壜の中味は水漬《みずづけ》みたいにキラキラと濡《ぬ》れて見えた。

重さ？　そうだね。さよならだけの重さだと二百八十グラム、壜ごとの重さだと三百五十グラムだったのではないかと思う。


——こんなものいらないわ。

とマリが言った。

——捨《す》てようよ。

マリは橋の上から、河に向かって「さよならの壜詰《びんづめ》」を捨ててやった。

4

このまま壜《びん》が見つからなかったら、この世の中から「さよなら」がひとつだけ消えてしまったことだろう。そうしてたぶん、ひろい世界のどこかで、別れなくてすむ一組の恋人同士ができたかも知れない。

そうすれば言語学者の研究もすこしは世の中に貢献《こうけん》したかも知れないのだが……。

「さよならの壜詰《びんづめ》」を拾《ひろ》ったのは、年とった女であった。川で投身自殺をしようとして、この壜を見つけたのである。

女は、はじめは手紙が入ってるのかと思った。そこで壜《びん》から「さよなら」を取り出したが、それはなにも書いていないのだった。

女はそれをなんべんも川の水で洗って、それで顔を拭《ふ》き、手を拭いた。そしてまた何事もなかったように壜《びん》に詰《つ》めて川に流してやった。あたしの死体が発見されるのと、この壜が発見されるのと、どっちが先だろうかなどと思いながら……。

5

「さよならの壜詰《びんづめ》」を拾《ひろ》ったのは男の子である。

「鳥だ」と男の子は思った。

そこで壜から「さよなら」をつまみ出すと、なんとかしてとばそうと思った。だが、「さよなら」はとべるわけがなかった。だいいち、このことばには翼《つばさ》もないのである。

空へ投げあげられると、「さよなら」はただただうかんでいるだけで、羽ばたくこともしなかった。それはまるで世界でいちばん低い雲のように悲しそうに見えた。
男の子はがっかりしてつぶやいた。
――なんだつまんない！　こいつは、とべない鳥じゃないか。

6

さて、このつづきは読者が自由に考えていただきたい。
つけ加えるならば、「さよなら」を失《な》くした言語学者は、仕方なしに、今の奥さんと一生いっしょに暮らすことにしたということである。ああ！

私が猫だったころ

1

「さあ、あなたは眠りましたよ」と催眠術師《さいみんじゅつし》は言いました。「あなたはもう、私の言いなりになってしまうほかはないのです」

そこは天幕《てんまく》の中でした。赤や青の豆電球の点滅《てんめつ》している見世物小屋のいちばん奥の天幕で、隣《となり》は蠟人形館《ろうにんぎょうかん》になっていました。ときどき案内人の小人が「鏡の迷路《めいろ》」の入口で立ち止まって笑う声が、昆虫の鳴き声のように聞こえてくるほかは、しんとしていました。遠くのローラー・コースターも、もう終ってしまったのでしょう。

なんだか、とてもさみしい感じでした。

私は催眠術用の脚の短い椅子《いす》に深く腰かけて目をつむっていましたが、あたりはひろびろとしていて、寒い風が吹いていました。もしかしたら、天幕の中だと思っていたのは私の間違いで、ほんとは椅子ごと空を泳《およ》いでいたのかも知れません。
そこはまるで何億光年もの果てしない星雲《せいうん》の中のようでもあり、とても頼りない感じでもありました。

——五年前、きみはなにをしていたかね？
と催眠術師《さいみんじゅつし》の声が、はるか彼方《かなた》からやってきました。
——五年前？
と私は訊《き》き返しました。声が喉《のど》にひっかかって、うまくことばになりませんでした。
——五年前は、学生でしたよ。
と私は言いました。
——私は「法医学」の近親間《きんしんかん》における殺人行為《さつじんこうい》の論文を書いていました……。
すると催眠術師は満足したようでした。
——正確だ。
と彼は言いました。
——十年前、きみはなにをしていたかね？

と彼はまた訊《き》きました。

――十年前、私は母を失いました。葬儀《そうぎ》用《よう》の花の花ことばまで覚《おぼ》えています。私はひとりぼっちだったんですもの！

――よろしい。

と催眠術師《さいみんじゅつし》はうなずいたようでした。

――二十年前、きみはなにをしていたかね？

私はすらすらと言えました。

――二十年前。私は五歳でした。エリナ・ファージョンの童話が大好きでした。私ははじめてコリドラスという魚を見ました。とても幸福でした。

――二十五年前、きみはなにをしていたかね？

と催眠術師は、また訊きました。

――二十五年前。私は生れるところでした。暗闇《くらやみ》から光がさしこんできました。ぶあついぶよぶよした肉の袋《ふくろ》から、私は老婆《ろうば》の手でこの世にひきずり出されたのです。

――ところで。

と催眠術師は言いました。

――三十年前、きみはなにをしていたかね？

私は思い出そうとしました。だけど、頭の片隅《かたすみ》に膜《まく》がはったようになっていて、なんだか息苦しい感じがしました。私は目を閉じたまま、頭をふりました。おぼつかない記憶のなかで、果てしない闇《やみ》が見えてきました。

——三十年前。

と私は言いました。

——私は港町の古い酒場にいましたよ、すっかり年老《お》いて。

と私は言いました。

——そんなところで、なにをしていたのかね？

と催眠術師が訊《き》きました。

——一匹の鼠《ねずみ》をさがしていたのです。

と私は言いました。

——一匹の鼠？ そんなものを、つかまえて一体どうするつもりだね？

と催眠術師が訊きました。

——食べるんです。

と私は言いました。

——だって、とてもお腹が空《す》いていたんですもの！

2

白状します。私は前世《ぜんせい》に猫だった男です。猫といっても血統書《けっとうしょ》つきのシャム猫やペルシャ猫ではない、ただのブチ猫でした。

私と同じように、前世に猫だった人は同じ町の中だけでも百人以上はいるはずです。そして、ときにばったり出会ったりすると、お互いに「世をしのぶ仮《かり》の姿」を恥《は》じながら、てれくさそうに笑って手をふって別れるのです。

たとえば、未練《みれん》がましい私の仲間たちは自分の姓名《せいめい》の中に、人知れぬようにこっそりとネコということばをしのびこませておいています。

金子、という姓名の人たち。（彼らとつきあっているとわかることですが、彼らはきまって、カネコとネコにアクセントをつけられるほうを喜ぶようですよ）。

また峰子、稲子、種子、常子、恒子《つねこ》、刀根子《とねこ》、船子、宗子《むねこ》、米子《よねこ》、といった名前の少女たち、おばさんたち、お母さんたち——そして老婆《ろうば》たち。

彼女らはすべからくいちばん上の一字を取り除《のぞ》くと、たちまち猫に早変りしてしまうのです。

(イネコからイをとってみると、ほら、ニャーオとでも鳴きそうだとは思いませんか?)。

3

アポリネールは「オルフェ様のお供《とも》の衆《しゅう》」というサブタイトルのついた『動物詩集』の中にこんなふうに猫の詩を書いています。

Le chat

僕は持ちたい、家のなかに、
理解のある細君と
本の間を歩きまわる猫と、
それなしにはどの季節にも
生きていけない友だちと。

4

私の百科辞典の「猫」の解説を加えることにしましょう。

猫……多毛症《たもうしょう》の瞑想家《めいそうか》。

猫……長靴《ながぐつ》をはかないと子供たちと話ができない動物。

猫……食えない食肉類《しょくにくるい》。

猫……書かざる探偵小説家。

猫……いつもベルリオーズの交響楽を聴《き》くような耳を持っている。

猫……財産のない快楽《かいらく》主義者。

猫……唯一《ゆいいつ》の政治的家畜《かちく》(マキャベリの後裔《こうえい》)。

5

ある日、一人の男の子がビー玉を数えていたら、いつもよりひとつだけ多くなっていました。

男の子はなんべんもなんべんも数えなおしましたが、やっぱりひとつだけ多いのです。

男の子は、そのビー玉をテーブルの上に並べておきました。

すると、ひとつだけ、夜になると光るビー玉があるのでした。

男の子はこわくなりました。

それからすこしたって悲しくなりました。

そこで男の子は、その夜、光るビー玉をコンクリートの塀《へい》に叩《たた》きつけて、こわしてしまったのです。


その夜から私の飼猫《かいねこ》のジルの目が、見えなくなってしまったのでした。

花をくわえた女

1

ふとった四十女が、全裸《ぜんら》でバス・ルームに立ってポーズをとっていると考えていただきたい。彼女は口に花をくわえている。彼女のお腹《なか》は脂肪《しぼう》がゆるんで、たるみかけている。そして、まるで鱶《ふか》に襲《おそ》われるのを待《ま》つかのような流し目でジッとこちらを見つめている。

こう書くと読者諸氏は、ははあ、K石油会社社長夫人のOさんだな、と思うであろう。私もはじめはそう思った。

だが、よく話を聞いてみると、どうやら彼女はO夫人ではなくてO夫人の〈代理《だいり》の人〉らしいのである。

そこで私は彼女から聞いたままの話をみなさんに伝えて、それが真実かでたらめかを判断していただくためにペンをとったというわけである。

2

事件ははじめ、小さなレストランで起こった。O夫人が食卓《しょくたく》についてボーイが、「スープはコンソメにしましょうか？　それともポタージュにしましょうか？」と訊《き》いたとき、彼女は「両方飲みたい」と考えたのだ。

だが、食前のスープをいっぺんにコンソメもポタージュも飲むというわけにはいかない。（そんなハシタないことは上流夫人のすることではないからである）。

そこで彼女はコンソメにするかポタージュにするかを迷《まよ》い、そして苦悶《くもん》した。

そのとき、彼女は自分の隣《となり》の椅子《いす》に〈代理の人〉が坐っているのを見かけた。まるでウインナ・双生児《ソーセージ》のように彼女そっくりの〈代理の人〉が、彼女の分身《ぶんしん》として坐っていたのだ。それは両方とも「彼女」なのだが、外見的には一卵性《いちらんせい》双生児のようにも見えたので、ボーイは怪《あや》しまなかった。

彼女はコンソメもポタージュも両方とも飲むことができた……。

3

二人で出かけて行って、一人で帰って来たということはよくあるが、一人で出かけて行って二人になって帰って来た、という話は珍しいのではなかろうか？ましして、その二人が両方とも彼女自身だということになると、ほとんど稀有《けう》の話である。しかしO夫人は、この〈代理の人〉を一人持つことによって迷いがなくなった。たとえば、あるパーティーで二人の若い男に口説《くど》かれたときも、彼女はその両方を傷つけることなく、自分のものにすることができた。(鰐園《わにえん》の番人も、作曲家も、それぞれ同日の同時間にO夫人のものになって、そのことをちっとも怪《あや》しむふうはなかった)。

主人のO氏がアフリカへの八カ月旅行を計画したときも、「旅行したい」という気分と「留守番《るすばん》をしたい」という気分の両方を満足させることができた。しかも、その両方ともが自分の体験だということは、なかなか素晴らしいことであった。

〈代理の人〉を一人持つことは、じつに便利な話である。

Ｏ夫人は、嫌《いや》なことは〈代理の人〉で済《す》ませたので、いつも愉《たの》しい心でいることができた。そして、彼女と〈代理の人〉とは、夜遅《おそ》くカード遊びをしながら、その日の体験を交換《こうかん》しあい、反芻《はんすう》しあうのであった。

彼女らは外見を除《のぞ》くと、ほかの点ではすべて同一人であった。だから、鰐園《わにえん》の番人との情事も、時間の都合しだいによっては、交代《こうたい》で出かけて行って快楽《かいらく》を得てくるのであった。

（しかも、同じ時間に夫のＯ氏とも同衾《どうきん》していられたので、つねにアリバイはあり、疑われるということはなかった）。

5

ところが、ある日のことである。鰐園《わにえん》の番人のおかみさんが、Ｏ夫人とのプール・

サイドの情事の現場に機関銃を持ってとびこんで来たのだ。

彼女はO夫人と自分の亭主《ていしゅ》とを引き離すと、憎《にく》しみに充《み》ちた目でにらみ、「殺してやる！」と絶叫《ぜっきょう》した。

O夫人は、あわてて逃げながら、応接間まで追いかけて来るおかみさんの目をごまかすために、洋服ダンスの中にとびこんだ。

すると、便利なことに、そこには〈代理の人〉がかくれていたのである。

「かわってちょうだい！」とO夫人は素早く耳うちした。

すると〈代理の人〉は「いいのですか？」と訊《き》き返した。

「どうして？」

「だって、あたしが今、出て行って殺されてしまったらどうします？」

O夫人は汗《あせ》をふきながら答えた。

「かまわないわよ」

「でも」と〈代理の人〉が言った。「あたしが死んでしまったら、奥様はもう、死ぬことはできませんよ。人間の体験は、一回きりですからね」

これにはO夫人もちょっとたじろいで、「死ぬことができない？」と訊いたものだ。

「ええ、これから千年ものあいだ奥様は生きなきゃいけないんです。死ねないんですから、どんな重病にかかっても、苦しいことがあっても我慢《がまん》しなきゃいけませんね」

「いやだわ」とO夫人は首をふった。

機関銃を持ったおかみさんが近づいた。O夫人は決心した。

「それなら、やっぱり、あたしが死ぬことにするわ！」

6

こうしてO夫人はおかみさんに殺され、〈代理の人〉が生き残った。

〈代理の人〉は、いつも中年女らしい悲しい顔で私たちに話しかける。

「人生なんて、なにが真実なのかわかりゃしませんよ。あたしゃどうせ〈代理の人〉だから、責任あることは言えませんけど、O夫人なんて人がほんとうにいたのかどうか、みんなは疑《うたが》っているらしいんですものね」

7

あの花をくわえた奥さんの話は、いつでも怪《あや》しいと思う。

だが、これを書いている私だって、もしかしたら私の〈代理の人〉なのかも知れない、という気がすることがあるから、妙なものである。

あたしを数えて

1

「先生、困ったことになりました」

とふとった母親が言った。

「また水虫《みずむし》かな？」

と医学博士が訊《き》いた。

「いいえ、あたしじゃありませんの。あたしのたった一人の娘が病気になってしまったんです」

母親はさめざめと涙を流した。

「とにかく診察《しんさつ》してくださいな」

医学博士はうなずいた。

「よろしい、レントゲンで見てみよう。お入り！」

と博士はドアに向かって怒鳴《どな》った。ドアがオズオズとあいて、娘が二人入って来た。

母親はそれを見て、またひとしきりワッと号泣《ごうきゅう》した。

「お母さん、泣かないで」

と二人の娘は、二重唱のように言ってふとった母親をいたわった。


「つまり、こうなんですよ」

と母親が泣き泣き語りはじめた。

「あたしの可愛い一人娘は、昨夜寝室《しんしつ》へ入るときまでは間違いなく一人だったんです。ところが今朝《けさ》あたしが廊下《ろうか》を通ると、ドアの中から二人でハミングしている声が聞こえるじゃありませんか。ゆうべはだれも訪問者がいなかったはずだけど、と思いながらそっと鍵穴《かぎあな》をのぞくと、なんと娘が二人になっているんです。

どうしてこんな分裂《ぶんれつ》を起こしたのかは、あたしにもわかりませんが、こうやって二人並んで歩かれると世間体《せけんてい》ってものもありますしね。

なんとかもとどおりの〈一人〉に、まとめてほしいんでございますよ」

2

「じつは今朝《けさ》」

と二人の娘が語りはじめた。

「いつものようにトーストを焼《や》きコーヒーをわかして、卵を水の中に沈めました。ところが半熟卵《はんじゅく》を食べたい、という気持ちとハードボイルドを食べたいという気持ちとが、どうしても統一できなかったんです。もし、なんとかしてどっちかにまとめてしまったら、我慢《がまん》したほうの気持ちがいつ爆発《ばくはつ》するかも知れないでしょ？　それで〈半熟卵を食べる私〉と〈ハードボイルドを食べる私〉とに、きれいに分かれることにしたんです。そうしたらあたしはこんなふうに二人になりました……」

「たかが卵ぐらいのことでねえ！」

と博士はあごをなでまわした。

「二人になるといろいろ面倒《めんどう》くさいじゃないか。衣服代だって今までの二倍かかるし、税金だって二人分、それにちょっと悲しいことがあっても他人の倍《ばい》も泣かなくちゃ、いけないいんだよ」

「そうねえ」

と娘1が言った。

「いろいろと問題あるわね」

と娘2が言った。

「でも、簡単に〈まとまる〉ってわけにはいかないわ。みんなに相談してみなくっちゃ！」

「みんなに？」と、博士がギョッとしたように訊《き》き返した。

「まだいるんですか？」

ふとった母親が、さらに困り果てたように涙声になって言った。

「ドアの向こうに、あと二人いますんで」

博士はいらいらと言った。

「お入り！　お入り！」

しかし、入って来たのは二人ではなくて四人であった。

「あたしたち、すぐふえるんです」

と娘3が弁解するように言った。

「今、待ってるあいだに、また倍《ばい》になっちゃったんです」

と娘4が歩きながら言った。

「あたし、インテリの男なんて嫌《きら》いだわ。ボーイフレンドにするならターザンみたいな男でなくちゃ」

娘5も大きな声でそれに応酬《おうしゅう》した。

「ターザンには詩はわからないわ。やっぱり、リルケみたいなのがいい」

「あら」と娘6が言った。

「リルケはちっともセクシーじゃないじゃないの」

娘5はその一言がかなりこたえたようであった。ちょっと目をパチパチさせて困ったような顔をしていたが、泣きだしそうになって黙《だま》ってしまった。すると、その娘5のうしろから、今までかくれていたかのように娘7が出てきて言うのだった。

「そうね。リルケはセクシーじゃないから、あたしはオリることにするわ！」

「放《ほう》っておいたら、どこまでふえていくことやら！」

とふとった母親は絶望的《ぜつぼうてき》に言った。

「女ってのは、迷《まよ》いが多いですからな」

と博士は言った。

「このままじゃ、近代医学でも手の打ちようがありません」

「あら、先生」と娘1が言った。

「でも、あたしたちは眠るときは一人にもどりますのよ。一人にもどって膝《ひざ》を抱《だ》いて、たったひとつの夢を見て眠るんですよ」

「夜は問題じゃないよ」

ふとった母親が言った。

「今すぐ、もとの一人にもどってもらいたいんだよ。そのままじゃ、自制心《じせいしん》がないみたいで、世間《せけん》に対してもみっともないじゃないか」

ふとった母親は見るからにかわいそうだった。娘1から娘7まで、声をそろえて母親をなぐさめた。

「お母さん、心配しないで」

「お母さん、心配しないで」

「お母さん、心配しないで」

「お母さん、心配しないで」

「お母さん、心配しないで」

「お母さん、心配しないで」

「お母さん、心配しないで」

3

「もしも地球も、悩《なや》みあるごとに分かれることができたらどうだろう」

と詩人は考えた。

「戦争する地球としない地球に分かれるといい。そして人は好きなほうへ移って住めばいいんだ。なにもかもひとつにまとめようとするからいけないんだ」

詩人は鏡を見て思った。

「ぼくも、二人に分かれることができたらいいのになあ。一人は純粋な心で詩を書きつづけ、一人は、快楽《かいらく》をもとめてデブデブにふとってゆくのだが……」

4

「これじゃ、私の力ではどうにもならん」

と博士は言った。

「だが、たったひとつだけ名案があるぞ」

そこで、ふとった母親が訊《き》いた。

「先生もふえるつもりですの？」

「いやいや、その逆《ぎやく》だ。いいかね（と声をひそめて）、彼女ら七人を一室にとじこめて、たった一人の男をいっしょにしておくのだ。いいかね？　選ぶ余裕《よゆう》を与《あた》えないようにするのだ。

すると、その一人の男の歓心《かんしん》を買うつもりで娘たちはしだいに妥協《だきよう》しあうようになるさ。ふえればふえるほど男の歓心の割り当てがへるわけだからな。

欲《よく》ばりな娘は、男を独占《どくせん》しようとして自分も一人になってしまうのは目に見えてるじゃないか」

「なるほど、なるほど！」

と母親はうなずいた。

「さっそく、とびきり肉体美の大学生を〝アルバイト〟で雇《やと》ってくることにしよう」

5

それで全部うまくいったでしょうか？

いいえ、うまくいくにはいきましたが、一カ月後の同じ日に、なんと十二組の結婚式が同じ教会で行なわれたって話ですよ。

なんでも聞くところによりますと、娘のほうがまとまる前に、娘の魅力《みりょく》に迷った大学生のほうがどんどん分かれてふえて、あっという間に十二対十二ってことになったんですって。


おめでとう。おめでとう。

おめでとう。おめでとう。

おめでとう。おめでとう。

おめでとう。おめでとう。

おめでとう。おめでとう。

おめでとう。おめでとう。

世界でいちばん長い煙草《たばこ》

世界でいちばん長い煙草《たばこ》は百メートルくらいあった。だから女は、ベッドの中で煙草を吸《す》って海にその灰《はい》を落とした。

新しい煙草を一本取り出して、口にくわえるというわけにはいかなかったので、Y字型の台にのせてある煙草のところまで行って、唇《くち》をつけてチャイムをならして合図《あいず》をした。

すると百メートル先《さき》にいるプレイボーイの髭《ひげ》男がライターを取り出して、煙草の先に火をつけてくれるのであった。

早すぎても、遅《おそ》すぎてもうまくいかなかったので、髭男たちはいつでも煙草の前でライターを手に持ち、耳をすましていた。

女は、この煙草を船長からもらった。船長は、マダガスカル島の煙草屋に、特別にこれをつくらせたのである。

あまり煙草《たばこ》が長すぎるので、その途中《とちゅう》に鳥がとまることもあった。だが、重すぎる鳥がとまると煙草はぐにゃりと曲《ま》がって火が消えてしまうこともあった。

また、あんまり煙草が長すぎるので、火をつけてくれた男の顔が見えなかった。女は「ありがとう」を言うまでに一時間以上もかかった。

一時間かかって、煙草がだんだん短くなってきて、火をつけてくれた相手の顔が見えたとき、女はがっかりすることもあった。なぜなら、火をつけてくれるのが素敵な男ばかりとはかぎらないからだ。

どうして、こんな長い煙草が出来たのか、ということについて船長は話してくれた。

「マダガスカル島で、あたしは恋をしましてね。あたしは黒い娘と椰子《やし》の木の下で抱《だ》きあいましたよ。女はとても情熱的で、サント・ドミンゴまでついてきたもんです。あたしがサント・ドミンゴの波止場《はとば》から百枚の口紅《くちべに》のついたハンカチを捨《す》てなければならなかったのは、一夜に百回もキスをしたからですよ。

ところが、いよいよ船が出るというときになって、船の乗組員たちが嫉妬《しっと》しましてね。もう、これ以上は女を船に乗せて行くわけにはいかない……と言うんです。あたしは、せめてもう一夜船出をのばそうと言いましたが、乗組員たちは断固《だんこ》としてだめだと言います。

そこで、あたしは、『そんなら、煙草一本吸《す》うあいだだけ名残《なごり》を惜《お》しませてくれないか？』と言いました。

すると乗組員たちは、『煙草一本ぐらいのあいだなら』と待《ま》ってくれることになりました。

だからあたしはこの世界でいちばん長い煙草で、たっぷりと別れの時を惜《お》しんだってわけですよ」


この話を聞いて、私はすぐに嘘《うそ》だとわかった。

なぜなら、人は煙草を吸いながらキスをすることができないからである。（それを知ってるから、私は煙草を吸わない）。

たぶん、船長は世界でいちばん長い煙草をプカプカとふかしながら、たっぷり時間をかけてこんな話を考えたことだろう。この船長は、航海などしたことはないのである。

ある夏のロマンス

1

ことばを食べる小鳥がいました。

この小鳥は、ルカスガダマ島にいる叔父《おじ》から、鳥籠《とりかご》といっしょに送られてきたもので日本語がとても好物《こうぶつ》なのです。どんな上等の餌《えさ》をやってもすこしも食べようとはしませんが、少女が「こんにちは」とか「おはよう」とか言うと喜んで喉《のど》をふるわせるのでした。

だから、この小鳥の鳥籠《とりかご》を持った少女の行くところは、どこもおしゃべりがいっぱいで、少女もとても愉《たの》しい気分になっていました。

ところが、ある日。大変な事件が起こりました。それは、この小鳥が「さよなら」

ということばを食べたまま、籠《かご》から逃げ出して行ってしまったのです。

少女もボーイフレンドも大いにあわてました。早くつかまえて「さよなら」を吐《は》き出させないと、彼女たちの語彙《ごい》から「さよなら」が失《な》くなってしまうからです。

2

もちろん、この事件をひそかに喜んだ連中もいました。

「さよなら」が失《な》くなったら、みんな、永久に恋人同士でいられるからです。

「ルカスガダマ島から来た小鳥は、きっと気をきかしてくれたのだよ」と空を見あげながら、麦藁帽子《むぎわらぼうし》をかぶった男が言いました。

みんなは海の青さに酔《よ》っていました。そして、このまま小鳥が見つからないでくれるようにと思っているボーイフレンドもいました。

3

でも、少女だけはとても不安でした。「さよならのない人生」なんて考えられなかったからです。

少女は私立探偵《しりつたんてい》を雇《やと》うべきだと考えました。あるいは国じゅうの狩猟家《しゅりょうか》を動員《どういん》して逃げた小鳥をさがし出すか、国じゅうの言語学者《げんごがくしゃ》をかりあつめて「さよなら」ということばを取りもどしてもらうべきだと考えました。

しかし、少女はそんなに金持ちではありません。どうやって「さよなら狩《が》り」をしたらいいのでしょう。少女は困って沖を見つめました。

「どうしたんだい?」と、人の気も知らぬボーイフレンドが訊《き》きました。

4

彼女が「〈さよなら〉を食べた小鳥をさがして!」と頼んでも、だれもなかなかその気になってくれないのです。だいいち、「さよなら」を食べた小鳥を呼ぶのにどうやって呼んだらいいのか、だれも知らないのです。

一人が言いました。

「きっとその小鳥はルカスガダマ島に帰ったんだよ」

また、べつの一人が言いました。

「さあ、これからは、〈こんにちは〉だけで暮らそうぜ」

5

彼女は逃げた小鳥をさがして、旅に出ることにしました。

彼女の日記帖には、ルナアルの有名な、「幸福とは幸福をさがすことである」ということばが書かれていました。

占星学者《せんせいがくしゃ》によると、「さよなら」の方位《ほうい》は、どうやら山岳地帯《さんがくちたい》なのだそうです。

「あたし、小鳥をさがしに行くわ」と彼女が言いました。

「ぼくもいっしょに行こう」と彼が応《おう》じました。

「見つかるまで帰らないつもりよ」と彼女が言いました。

「いいさ」と彼が言いました。「探険《アバンチュール》には馴《な》れているよ」

6

しかし小鳥は見つかりません。

「ことばを食べる小鳥だもの。人のいるところにとんで来るはずだと思うわ」と彼女が言いました。

「そうだね」と彼が言いました。

なにを言っても彼の返事は「そうだね」でした。その単調さが彼女の鼻につきはじめました。

彼女はだんだん彼に飽《あ》きはじめたのです。

7

「もっと人のたくさん集まるところをさがしてみよう」と彼女は思いました。

「もっとことばのたくさんあるところ。そして、あたしたちも小鳥が食欲をそそられるほど大いにおしゃべりしよう。たとえば歌。アポリネールのこんな歌」

兵隊たちの小鳥は恋だ。
私の恋は一人の少女だ。
薔薇《ばら》だって彼女ほど完全ではない。

ああ私のために
小鳥よ歌え
のどを嗄《か》らして

8

「地上で小鳥をさがすなんて、なんて馬鹿なんだ」と、ある飛行家が言いました。「鳥は空でさがすべきである」そこで少女は、その忠告どおりに飛行機で「小鳥さがし」に行くことにしました。彼はやっぱり、「そうだね」と言いながらついて来ました。

彼女らの飛行機は、地中海までもとぶのです。

「地中海までも、〈さよなら〉をさがしに行くなんて素敵《すてき》だわ」と彼女は思いました。彼のほうは心の底《そこ》で、「どうかあの小鳥、見つからないでくれればいいが……」と思っていました。

9

青い海で書いた彼女の詩。

「私が失《な》くした木の匙《さじ》は
きっとだれかが拾《ひろ》うでしょう
私が失くした風景は
きっとだれかが見るでしょう
私が失くした一羽の小鳥は
きっとだれかが撃《う》つでしょう
撃ち落とされた一羽の小鳥には
もう、さよならの値打《ねう》ちもない」

彼女は空を見た。
さよならのとぶのを見るために。

だけど空にはなにもなかった。
ただ海だけが青かった。

エピローグ

これで、このメルヘンはおしまいです。

「小鳥は見つかったか」と言うのですか？

「〈さよなら〉を食べた小鳥」はひょんなことから少女のもとにまい戻って来たのです。そして、少女は退屈な彼と「婚約」しました。

仲間たちは、「とうとう彼の誠意に負けたのだ」とか「彼の心が、ようやく彼女にとどいたのだ」と言いました。

だけど、ほんとのことは少女じゃなければわからないのです。

いっしょに「さよなら」をさがしに行ったボーイフレンドと「さよなら」を見つけたあとで婚約する、ということはなかなか変ったロマンスだと思われます。

だけど鳥籠《とりかご》の中に「さよなら」を飼《か》いながら、自分を愛してくれる彼といっしょに暮らす。その、けだるいような生活というのを、人は名づけて「恋」と呼ぶのかも知れません。

小鳥は今度は、なんということばを食べるでしょうか？　もしかしたら「赤ちゃん」ということばかも知れないと、彼女の友だちは思っていました……。

少女のための海洋学入門

海の起源

どのようにして海は始まったのだろうか？

航海学《こうかいがく》の文献《ぶんけん》をひらいても出ていないし、科学者たちの推理でも解《と》けない謎《なぞ》である。

「地はかたちむなしく　くらやみがふちの面にあった」というのが創世記《そうせいき》にあるが、一体海の水はどこからやってきたのだろう。


海の水の最初の一滴《てき》が一人の女の子の涙だったと思っている少年がいた。

少年は、その女の子の涙がほかの多くのひとびとの涙にまぎれてしまっていることをかなしんだ。そして、なんとかして自分の愛した女の子の涙だけを、ひろい海洋からすくい出したいと思ったのである。

少年は、小さなバケツを持って渚《なぎさ》に出かけて行った。そして、月の光のなかでキラキラ光っている海の中の、どのひとしずくが女の子の涙だろうかと思案《しあん》した。

しかし海はあまりに青く、少年は「海の起源」を立証するには、あまりに若すぎた。

海深く、少年は入って行き――そして、それきり、帰ってこなかったのである。

百合《ゆり》の茎《くき》からしたたりおちる一滴
それが海のはじまり

だという学説もある。
はじめて鳥がこの世に出現したのは中生代で今から一億三千万年前のことである。文献《ぶんけん》によると、そのころはまだ海は海ではなく、カリフォルニア東部とオレゴンに最後の海蝕《かいしょく》があったということになっている。

海には殺人の匂《にお》いがある
海には失われた声がある
海には叙事詩と男声合唱のひびきがある
海には性のたかぶりがある

ハーマン・メルヴィルは書いている。
「この海の妙《たえ》なる神秘を人は知らず

されど　そのやさしく荘厳《そうごん》な揺動《ようどう》は
その下に隠れた魂を物語るような」

海の詩学

海を買いに行きたい、
と女は思いました。

それは可哀そうな女で、いつも「お金で買われている」娼婦《しょうふ》だったのです。

ほしいものはなんでも、お金で買ってしまう世の中のなりゆきに、女は抗《あらが》いつづけてきました。

それでも、長い苦労のすえに女はすこしずつお金を貯《た》め、年老《お》いてひとり暮らしをしながら、ふと「海を買いに行きたい」と思い立ったのです。

わたしはいろいろのひとに買われてきたけど、今度は買う番だ、と女は言いました。

あの青い海をこころゆくまで買ってやろう。そして旅に出たのですが、どこへ行っても海を売る店はありませんでした。

「海を買いたい」

と女はしみじみとつぶやきました。

「海を買いたい」

だけど、どの海岸にも海の取引きをする商人がいないために、買うわけにはいかなかったのです。海はどこへ行ったら買えるのだろうか？　わたしはこんなに買われてきたのに、どうして海ぐらい買うことができないのだろうか？

みんなは、海ぐらいは勝手に汲《く》んでいきなさいと言うが、わたしはただではいやなのです。わたしは海をお金で「買いたい」のです。

だまって海を見ていると
泣きたくなってくる

海へ来たれ

鳥が一年では渡れぬ海よ
広漠《こうばく》として恐ろしき海

と、ホーマーは書いている。「鳥が一年では渡れぬ海を、ことばで渡る」のが詩人のつとめである。

詩人は、ことばのなかにいつでも海をもっている。

ぼくは海で死にたいと思っていた。水葬《すいそう》の夢は、少年のぼくの心をとらえてやまなかった。「海で死んだ若ものは、みんなさかなになってしまうのだ」と船長が教えてくれたとき、ぼくが思いうかべたのは、クジラであった。ぼくはクジラになりたい。ぼくならばクジラになれるだろう。

だが、それはとても自信のある日のことにすぎなかった。べつの日、ぼくは思ったものだ。ぼくがもしも、海で死んだらイワシか、せいぜいニシンくらいにしかなれないのではなかろうか?

ぼくが死んでも　歌などうたわず
いつものようにドアを半分あけといてくれ
そこから
青い海が見えるように

いつものようにオレンジむいて
海の遠鳴り数えておくれ
そこから
青い海が見えるように

この世で最後の海のひとしずくはぼくの目の中にある。
だから、
このひとしずくをぼくは泣いてしまうわけにはいかないのです。

かもめ

「海で死んだひとは、みんなかもめになってしまうのです」


これは、ダミアの古いシャンソンの一節です。ダミアの好きだったぼくは、このレコードを大切に持っていました。このレコードのなかの水夫《すいふ》の恋の物語を教えてくれたのは、船員酒場に出入りしている娼婦《しょうふ》でした。

少年時代、ぼくは青森の港町にいたから、ダミアの歌の世界はそのままぼくの心のなかの物語の世界だったのです。

でも、ぼくの持っているレコードは、傷《きず》がひとすじついていましたから、ぼくは一度もその曲を聴《き》いたことはなかったのです。

レコードの深い傷がとぎれさせたかもめの物語——そのつづきを空想して書いたのが「かもめ」です。

1

燈台守《とうだいもり》の老人が言った。

「おや、またかもめが一羽ふえたようだ」

「どうしてわかるの？」と孫《まご》が背《せ》のびして、くもった空を見あげながらたずねた。

「数えてごらん？　昨日《きのう》は七羽しかいなかったのに、今日は八羽いる」

だが孫にはまだ、かもめの数を数えることなんかできなかった。孫はまだ五歳だったし、かもめたちはとてもすばしっこくとんでいたので。

老人は、燈台のいちばん高い部屋で、海を見おろしながら、うとうとと居眠りするのが好きだった。若いころには大航海時代叢書《そうしょ》や海洋冒険史料などを読むのが好きだったが、近ごろはめっきり視力《しりょく》もおとろえてしまった。もう、今ではこうして、孫《まご》と二人でかもめを数えることが、唯一《ゆいいつ》の愉《たの》しみになってしまっていたのだ。

世の中には、と老人は思った。人生の上手《じょうず》なやつと、人生の下手《へた》なやつがいる。そして、わたしなどは、人生のもっとも下手な男だったということになるだろう。ほこりまみれの書斎《しょさい》、若いころ船出した船の模型《もけい》などを置いてあるテーブル、帆布《ほぬの》、——

片隅《かたすみ》のポータブル蓄音器《ちくおんき》は、かすれたダミアの声で、古いシャンソンを歌っていた。

「海で死んだひとは、みんなかもめになってしまうのです」

2

少年は十七歳だった。少女は十五歳だった。はじめての船出の日、少女は必死でとめた。

「行かないで、べつの船にして」

それは風の強い日だった。岩壁《がんぺき》のロープ岩に腰かけて、少年は笑った。

「大丈夫《だいじょうぶ》だよ。すぐに帰ってくるから」

すると少女は、心細くなって泣きそうになった。それをこらえて無理に笑いかけようとすると、すっぱい果実《かじつ》を口にふくんだような顔になった。

「きみの髪の毛をすこしおくれ」と少年は言った。

「それをたばねて、ぼくの船の帆柱《ほばしら》にくくっていこう。それがお護《まも》りになって、いつもぼくといっしょにいてくれると、きっと安心だよ」

「ずっと遠くへ行くの？」と少女がたずねた。

「ああ、この世の果てまで行くんだ」と少年は胸をはって答えた。「ぼくの祖父《そふ》は、海賊の末裔《まつえい》だったんだもの」

「それで、いつ帰って来るの？」と少女が訊《き》いた。

「一年くらい」と少年はきっぱり言った。「来年の、きみの誕生日にはきっと帰って来るよ。うんと金持ちになって」

「じゃあ、あたし待《ま》ってる」と少女は言った。「絵を描《か》いて……お茶を沸《わ》かして……本を読んで……沖《おき》をながめて」

「どこにも、嫁《よめ》になんか行くなよ」と、少年が言った。少し荒っぽい口調《くちよう》に、やさしさをこめて、「来年のきみの誕生日は、きっといっしょにお祝いできるからね」

そして、その夜、少女は自分の黒い長い髪を切って、少年に与《あた》えた。

少年の船が出て行くまで少女は笑って手をふり、一人になると台所へ行って、ゆっくり泣いた。

3

しかし、一年たっても船は帰らなかった。二年たっても、三年たっても少年から便《たよ》りはなかった。

めっきり無口《むくち》になった少女は、いつも閉《と》じこもったままで、少年に約束したように、「絵を描《か》いて……お茶を沸《わ》かして……本を読んで……沖《おき》をながめて」暮らした。

誕生日にはテーブルに花をいけ、ケーキをつくって、少年と二人分の椅子《いす》をさし向かいに置き、まるで「二人で」いるように、話しかけたり、笑ったりした。

少女の兄は船具《ふなぐ》屋で、帆布《ほぬの》、ロープ、海図表などを売っていたが、無口になった少女をできるだけそっとしておいてやるように、近所の人たちに話した。

だから少女は、いつも一人だった。少女は、海がいちばんよく見える屋根裏《やねうら》で、いつも絵を描《か》いていたが、その絵はどれも海の絵ばかりであった。

カンバスに青い海と白いさざなみだけを描いて一日を過ごす少女は、夜、眠りに落ちたあとで、自分の描いた絵の中の海たちが、潮騒《しおさい》をたてるのを聞いた。

少女の心は、いつも航海《こうかい》していたので、少女自身はもぬけのからだった。そして、村の人たちはしだいに、少女が発狂しているのだ、と噂《うわさ》するようになったが、少女はけっして不幸ではなかった。誕生日が近づくたびに、少女は化粧《けしょう》し、いそいそと買物に出かけ、そして歌を口ずさんだ。

十年たち、少女は二十五歳になった。十五年たち、少女は三十歳になった。

村の絵具屋《えのぐや》は、「青色」だけを、少女のために特別に仕入れなければならなかった。

ある日、少女は窓の外で「かもめよ！　かもめがとんでるよ！」と叫《さけ》んでいる声を聞いた。

叫んでいるのは、漁師《りょうし》の子たちであった。港町なのに、かもめが来たことのない町だったので、めずらしがって子供たちは渚《なぎさ》ぞいにかもめを追いかけた。

沖から来たかもめ！　そう思うと、少女はとてもなつかしくなった。少年が去って行ったほうからやって来たかもめ、そのたくましい白い翼《つばさ》。しかも、わたしの誕生日に、窓へ向かってとんで来たかもめ！

だが、そのかもめを見ようとして、少女が階段を駆けおりて、暗い裏口から波止場通りへとび出して行ったとき、少女は耳を刺《さ》すような銃声を聞いた。

少女が、駆けつけたとき、かもめは酒場のカウンターの上で、死んでいた。そして、一発で仕止めたバーテンのふとっちょが、自分の腕自慢《うでじまん》をしている。

少女は、生れてはじめてかもめという鳥を見た。かもめは、死んでも翼《つばさ》をひらいていた。

（死んでしまったあとで、かもめは一体どこをとぼうとするのだろう）。

少女は、その日少し酒を飲んだ。バーボンを潮水《しおみず》で割った「難破船《なんぱせん》」という荒っぽい船乗り向けの酒だった。少女は、酔《よ》った。

するとかなしいこともみなおかしくなってきて、はいてる靴を脱《ぬ》ぎ、踊りたくなった。

少女が踊りだすと、バーテンや客たちは、みなからかい半分にはやしたてた。

「やあ、頭のおかしい女が本性《ほんしょう》をあらわしたぞ」と、だみ声の水夫《すいふ》がひやかした。

「とうとう本性をあらわしたぞ」

少女は、酒場のすりきれた古いレコードにあわせて踊り、踊りながら泣き、泣きながら笑った。

「海で死んだひとは、みんなかなしめになってしまうのです」……と、レコードは歌っていた。

夜になると、風が出てきた。そして、酔《よ》いつぶれた少女はその夜、水夫たちのなぶりものにされた。

だが、意識を失った少女は自分が「少年」に抱《だ》かれているのだと思い、なんだか幸福な気さえした。

それが、少女の生涯で知った一度の「婚礼《こんれい》の夜」だった。

そして、少女はほんとうに発狂してしまった……。

4

少女は、やがて、かもめの絵ばかり描《か》くようになった。

それは、とても写実的で、絵に描いたと思えないようなかもめであった。

どのかもめも、翼《つばさ》をひろげていた。そして、どのかもめも若々しく、たった今、遠い国から海の上をとんで来たばかりのように、翼が濡《ぬ》れているのだった。

一日に一羽ずつ……。少女は毎日、屋根裏部屋でカンバスに、かもめを描きふやしていった。

しかし、少女はもうけっして笑うことはなかった。もう、少年が帰って来るとは思えなかったし、彼女は「希望という名の病気」からも、回復してしまっていたのである。

少女は、ときどきかもめの絵に取り囲まれて「棒《ぼう》にふった一生」のことを思い出しながら、あの酒場で聴《き》いた暗いシャンソンの歌詞を口ずさんだ。


海で死んだひとは、みんなかもめになってしまうのです

「かもめになれるだろうか、わたしでも」と少女は思った。もしかしたら、翼《つばさ》が短くてとべないとか、年をとりすぎて海の上をとんでいるうちに力つきてしまうとか、するのではないだろうか？

でも、もしもかもめになることができたら、わたしは沖のほうへ行ってみよう。あの、少年の船が去っていった遠い国をたずねて、行けるだけ行ってみよう。

そう思うと、すこし元気が出てきた。もしもわたしがかもめになって行った先に、少年が生きていたとしたら、わたしはその幸福な家の屋根の上をなんべんでもとんでやろう、とも思った。

そして……ある月の明るい夜。少女は、岩壁《がんぺき》の上から、海にとびこんで自殺した。

（できるだけ、かもめになれるように、両手をひろげて、目をつむって）。

5

その夜、少女の屋根裏で、無数の羽ばたきが聞こえた。

不審《ふしん》に思った階下の女中がのぼって行ってみると数十羽のかもめが、窓から沖に向かってとび去っていくところであった。

そして、カンバスの中は、どれもかもめが抜けていった空白だけが残って、むなしく月の光を照り返しているのだった。

6

あれから、もう五十年にもなるなあ、と老人は思った。

老人こそは、あの夜、少女の黒い髪を帆柱《ほばしら》に結んで船出した少年だったのだ。しかし、老人は、約束どおりには、帰帆《きはん》しなかった。

航海先の、小さな島で、貧しさに破れて、小さな船員食堂の皿洗《さらあら》いになって、住みつき、帰るあてもないまま、いたずらに月日が過ぎ去ってしまった。そして、その島で燈台守《とうだいもり》の娘と結婚し、子の親となり、孫《まご》を得た。

それでも、ときどき、海の日ざしにまどろみながら、五十年前に少女とかわした、ほんの取るに足らない約束を軸《じく》にして、さまざまの空想を愉《たの》しむのが、ただひとつの生きがいになっていた。

もしかして、少女が自分を待っていて、こんな空想のように、悲しい最後をとげたのなら……と思うと、老人の胸はいたんだ。しかし、現実はたぶん、そんなに物語に似てはいないだろう。

少女も、嫁《とつ》ぎ、子をなしてこんな暖かい日は、かもめでも見ながら、あの若かった日のことを思い出して、微笑していることだろう。

「世の中には、人生の上手《じょうず》なやつと下手《へた》なやつがいるものだ」

老人は、孫《まご》の頭をやさしく撫《な》でてやりながら、もう一度海のかもめの数を数えはじめた。

ほんとうに、航海向きのいい日和《ひより》だった。

わたしは、ロマンスなんて信じない、現実はけっして甘いものではないのだ——老人は、そうつぶやいた。

それは真実だった。だが、老人はまだ、心の奥深くあの夜の少女を愛していたのである。

はだしの恋唄

リオはなぜ、毒薬に興味などもっていたのだろう。彼は十七歳の少年であった。長いあいだ煙草《たばこ》工場のほこりのなかで働きながら、彼は一つの確信をもっていた。仲間の黒ん坊と麦生《むぎふ》のなかでうつぶせながら、リオは口ぐせのようにこうつぶやいた。

（美しいものは殺さなきゃいけないんだ。どんなものだって、一生のうちで一度は美しくなる。そのかたちを、そのままでとどめなきゃあ）。

町ではじめに殺されたのは、白鳥であった。白鳥は、うつぶせて眠るように動物園の檻《おり》の中で死んでいたが、むろんその美しい胸を血で汚《よご》してはいなかった。

陳《ちん》はその檻《おり》のまわりをまわって歩き、ときどき白鳥の屍《しかばね》をのぞきこんではうらやましがった。彼はあまり背が高すぎて、黒いズボンから脛《すね》があふれるほど貧しい男だった。だからこの白鳥の死体を購《か》いうけるには金の持ちあわせがないし、かといって盗み出す勇気はさらになかった。彼は中国人の作曲家で、しかも葬送曲《そうそうきょく》しか書けないのだ。

彼のたった一つの宿望《しゅくぼう》――それは数多くの自分の葬送曲を、せめて一たび実際の葬式で演奏してみたい、ということだった。しかしむろん、無名の彼の葬送曲など買ってもらえるはずはなかったので、せめてなにか雀の屍《しかばね》でもないかと思って、歩いているのだった。


その次に殺されたのは、仔鹿《こじか》だった。仔鹿は、夏美のベッドの下でかがみこんで死んでいた。朝、びっくりした夏美は大きな声をあげて抱きおこした。

「おまえを殺したのは、だあれ。だれなの。きっと夏美が復讐してあげるわ」

アパートはうす汚れてはいたが、その影をいつも、地上ではなく空にうつしていた。夏美は花売娘だった。泣きながらバケツにくんだ水で仔鹿を洗ってやると、それきり夏美は口をきかなくなった。

夏美は町では決して他人を見張らないので、町の人たちに見張られることからはみだしてしまう、孤独な娘だった。自分の美しさをたしかめてくれるたった一枚のガラスだった仔鹿が死んでしまって、どうして人に話しかけなどできよう。

口をきかないかわりに、夏美は歌をうたった。

薔薇《ばら》はいかが　すみれはいかが

知らない町で　知らない人が
通りすごしてから
ふと何か忘れものをしたような

それが何だか知らないままに
海へ行き　海から帰り
みんな死んでしまっても
やっぱりどこかで何か忘れたような

そうして花たちは、やっぱりよく売れるのだった。

黒ん坊は笑いだした。笑った大きな口が、ふいにまっ暗になった。リオは思った。(僕はこの、静止した瞬間が好きだ)。彼は仲間をさえ殺しかねない眼で、じっと開かれた口を見た。すると自分が、黒ん坊の口のなかにいつのまにか入っているのを感じた。口の中ではマンドリンが鳴って、桃色のトカゲたちがひしめいていた。

（静止させることは、まねさせることとは違うんだ。一切の思い出や熱狂をとじこめて、所有することなんだ。僕はこの毒薬で、もしかしたらあらゆるものを僕の手の中にいれてしまうだろう）。

「どうしたんだい」

と黒ん坊が訊いた。ま顔に返っていた。

「いや、べつに。ちょっと考えごとをしただけさ」とリオ。

「それでねえ、その中国人がぜひとも、君に逢いたいんだってさあ」

黒ん坊は、また笑いだした。遠くの島で、むらさき色の花が咲きはじめるころだった。


「僕の葬送曲はコルネットしか使わないんです」と陳《ちん》は言った。

「そんなことを言っても、僕は墓場の守衛《しゅえい》じゃないんだもの、死体なんか、持ってるわけないじゃありませんか」

「だからお願いしてるんです。あなたの毒薬を、ある人に飲ませてくれさえすればいいんだ。その子は孤児だから、僕が死体をもらってもだれも文句を言いやしません」

（葬送曲。これがこの人の生きがいなのだ）。リオは尋ねた。

「その殺してほしい、しかも美しい人っていうのはだれです?」

「気まぐれホテルの入口に立っている、花売娘の夏美って子ですよ」


朝目をさますと夏美は、ふと食事の仕度ができあがっているのに気がついた。コーヒー沸《わ》かしは、くつくつと音をたてて噴《ふ》いていた。

今日から、五月——。

夏美は、シミーズからいつもはみだす右の乳房の「あわてん坊」を下着の中へおしこめて、あくびした。フライパンのような雲が窓をばら色に通りすぎていった。

目をさましたら　さようなら
それから　薔薇まで
みんな　わたしの空ばかり
雲よ　うつむいた
そうして　恋人の雲たちよ
わたしの歌が　わたしの明日よ

夏美はそれから、ふと思案した。

「このコーヒーは飲んだものかしら」

煙草工場の寮《りょう》は、いつまでも河の匂いがしていた。黒ん坊は、ぽつりと言った。

「リオよ。お前、変ったなあ」

リオは黙って彫刻雑誌のグラビアをながめていた。動かないものの美。動くものの美。

(静止のなかにとじこめられた憂愁の美を僕は信じていたが、動いているもののなかにも、あれほど見事な静止があるとは僕は思わなかったんだ)。

黒ん坊はうしろむきで、靴下の繕《つくろ》いをしているのだった。

「リオよ。お前、もしかしたら」

そのときリオは、目をふいに黒ん坊のほうへ向けた。(こいつの背中は黒い壁だ)。訳もない恐怖にリオはおそわれたのだった。

「お前、あいつに恋をしたんだな」

陳のコルネットが、ふいに鳴りやんだ。大きな黒揚羽《くろあげは》が、その影よりも濃くとまった。

「もう、三日たっているんですよ」

陳《ちん》は不機嫌なのだ。

「約束は守ってくれなきゃあ」

「陳さん。静止させなくてもいい美を、僕は見つけたんです。夏美は夏美の未来なんだ。もっと美しくなったとしたら、僕の毒薬はとんだ間違いをしたことになっちゃうじゃないですか」リオは頬をあつくして、言った。

「僕は知らないな」陳はすっかりぶりぶりしていた。テーブルの上の楽譜には赤いインクで、コルネットのための陽気な葬送曲と書いてある。陳はほとんどリオにすがりつかんばかりにして、もう一度言った。

「僕は、あの子の死体がほしい。なによりも、この葬送曲を弾《ひ》きたいんです」

(憂鬱《ゆううつ》な青空だなあ)。リオは両手を垂《た》れて陳を見あげた。

夜がやってきた。夏美は売れのこりの二、三本のライラックをいつものようにカッフェ「海の頬」に寄って、買い上げてもらった。長い電柱の影が路地をさみしくした。夏美はふと、だれかがあとを尾行《つけ》ているような気がした。(だれかしら)。ふり向くと、それはリオだった。夏美より先にリオが言った。

「だめだ、僕には出来ない」

「なにがですの？」

リオは頬をあからめてうつむいてしまった。毒薬は彼の手の中でもみくしゃになる。

「恋をしたんです」

夏美はすこしおどろいた顔でリオを見返した。夏美はどんなものも所有しない娘になってしまっていたので、仔鹿の死以来、人に話しかけられたことははじめてだった。夏美はあどけなく微笑した。（恋だなんて……）そして、この年下の少年に小鳥が水を飲むようなすばやいキスを一つして、リオが顔をあげたときには、もう姿を消していた。


アパートの管理人が朝、ドアをあけて驚いた。陳がだれかに殺されているのだった。しかも死体は盗まれたらしく、その辺じゅう嘔吐《おうと》した血が散らばっており、楽譜がきちんと片づいていた。

「こいつは大変だ」

隣の部屋へやって来る家庭教師が通りすがりに部屋の中をのぞきこんで、やっぱり言った。

「こいつは大変だ」

アパート中が、(こいつは大変だ)と口交《かわ》しあった。コンクリートの壁のくらさを雲雀《ひばり》は駈け上がって、やっぱり、

「こいつは大変だ」

と言うのだった。

「おい、では始めるぜ」

リオは、まぶしい朝の河にそった一列の青い麦の中に立ちあがって言った。

「いいぞ」

返事した黒ん坊は陳の死体をかついでいるのだ。明るい曲がふいにリオのコルネットからながれ出た。そうだ、これがあの陳の悲願の葬送曲「コルネットのための陽気な葬送曲」なのだった。

二人は行進をはじめた。葬送曲がだんだん青麦の中に小さくなってゆき、雲雀《ひばり》がそれをかすめてとんでいった。

夏美は髪を洗っていた。水にうかんだシャボン玉が空へ競《きそ》って上がっていった。

恋をするのは忘れること
小鳥や　家や　あなたを忘れること
忘れなければ　歌はない
わたしの歌が　わたしの明日よ

夏美は、昨夜のキスをふと思いだして頬《ほお》があつくなった。
(そうだ、今宵《こよい》はライラックの花を一輪、売り残しておいてあげよう)。

ロマンス・バラード＝樅の木

第一の歌

この世には恋人《こいびと》たちも多いことだろうが
わしたちほど深く愛しあっているものはおるまい、
と思っている王様がいました。
恋人を抱《だ》きよせて接吻《くちづけ》しながら
鏡《かがみ》に向かって、
「鏡よ、鏡よ」
と話しかけました。
「この世に、わしたちほど愛しあっているものはおるまいな?」
すると鏡は真暗《まつくら》になって、
なにも写《うつ》さなくなりました。
「いいえ、王様。
この世には王様ほど愛情をもった男は、
一〇〇〇〇〇〇〇〇〇〇〇〇〇人も
おるでしょう」

と、気のいい鳥が言いました。

時は五月。
お城の中ではスペインの
盲目《もうもく》の音楽師が、
水のしたたるような
マドリガルを唄っていました。

第二の歌

「そんならひとつ、
恋くらべをしようではないか！」
と王様はテーブルの地平線に頬杖《ほおづえ》をついて言いました。
王様が手をたたくと、
十人の侍従《じじゅう》と
十羽の鳥と

十匹のシャム猫とが集まって来ました。
王様はダンディな髭《ひげ》をちょっとひねって
名案について演説しました。

「むかし、この国には
長距離《ちょうきょり》ピアノ演奏者《えんそうしゃ》というのがおった。
ある月の夜からピアノを弾《ひ》きはじめ
食事もせず、用も足《た》さず
ただピアノを弾きつづけ、
七日七夜のあいだ弾きつづけて、
見事、ベスト・ピアニストの栄光に輝いて
〈王様の鰐《わに》の勲章《くんしょう》〉を手に入れたのだ。
ひとつ、最高の恋人たちを選び出すために、
わしも長距離抱擁者《ほうようしゃ》コンテストというのをやってやろう。
抱《だ》きあったまま（むろん、キスをしたままで）、
食事もとらず、用も足《た》さず一睡《いっすい》もせず、

もっとも長く愛しつづけることのできる二人を国いちばんの恋人とするのだ。
いいかね？
愛の耐久《たいきゅう》レースだ、
マラソンをもじって、ラブソンと名づけることにしよう」

さっそく、百頭《とう》の早ロバが町にとび、
「恋人参加」の募集広告が
町じゅうのすべての壁《かべ》に貼《は》られたのでした。

第三の歌

さてさて、ここでジプシーの歌を一曲。
ガルシア・ロルカが血で書いた
時期おくれのロマンス！

「わたしの小さな妹が歌っている、

地球はひとつのオレンジなのよ、と。
月は泣きながら言っている、
わたしもオレンジになりたい、と。

お月さま、お月さま、
それは出来ない相談だ、相談だ」

やがて、ありとあらゆる恋人《こいびと》たちが、自分たちの愛こそこの世でいちばん！
とばかりに集まって来ました。
靴屋《くつや》と花売り娘の恋人たち。
ガラス職人と掃除《そうじ》娘の恋人たち。
運転手と女優の恋人たち。
プロレスラーと看護婦《かんごふ》の恋人たち。
画家と未亡人《みぼうじん》の恋人たち。
動物園の園丁《えんてい》と少女の恋人たち。

学生とモデルの恋人たち。
騎手《きしゅ》と人妻《ひとづま》の恋人たち。
料理人と美容師《びようし》の恋人たち。
刑事と女学生の恋人たち。
フットボール選手とダンサーの恋人たち。

広場が恋人でいっぱいになると、
王様は、可愛い踊り子の恋人をしたがえてバルコニーに現れて、
「さあ、ラブソンをはじめよう。
抱《だ》きあった二人が離《はな》れたら失格《しっかく》だ。
どれだけ長く愛しあっていられるか、
どれだけ長く一体になっていられるか、
裁《さば》くのはお月さまだ。
いいかね？
音楽とともに、いざ抱《いだ》け！
恋人を！」

第四の歌

広場じゅうの恋人たちはいっせいに抱《だ》きあいました。
月はびっくりして城の塔《とう》にかくれ、
広場は真暗《まつくら》になりました。
音楽師たちは、世界じゅうの恋唄をすべて奏《かな》でまくりました。
そして長い時間がたちました。

「わたしの可愛い恋人が歌っている、
愛はひとつのオレンジなのよ、と。
月は泣きながら言っている、
わたしもオレンジになりたい、と。

お月さま、お月さま、

それは出来ない相談だ、相談だ」

はじめに失格《しっかく》したのは老彫刻家《ろうちょうこくか》とその若いモデルでした。
モデルはまだまだキスしていられたのに
老彫刻家が呼吸困難になってしまったのです。
鱶《ふか》にやられた地中海の船長のように
老彫刻家は口から泡《あわ》をふいて倒《たお》れました。
それははじまってから、一時間目だったようです。
やがてぞくぞくと失格者が出はじめました。
どうしても用を足《た》したくなったり、
キスがはげしすぎて唇《くちびる》が痛くなったり、
キスしながら居眠りしている相手を見て馬鹿らしくなったり、
くしゃみが我慢《がまん》できなくなったり、
いろんな理由から
失格して広場を出て行く恋人たちがふえました。
とうとう三時間後には王様も失格し、

五時間後には参加者が半分にへり、
夜が明けるころには十分の一になってしまいました。

第五の歌

翌日《よくじつ》も翌日も、
ラブソンはつづけられました。
広場にはわずか三組の恋人たちだけが残り、まるで立ったまま死んだように
いつまでも愛しあっていました。

三日目は雨でした。
写真家が来てその三組の恋人たちを写《うつ》して行きました。
子供がさわっても、
ゆすぶっても、その恋人たちはびくともしませんでした。
十日目になって、
とうとう二組は失格しました。

離《はな》れたとたんに、真青《まつさお》になって倒れた恋人たちを
救急車《きゆうきゆうしや》が来て連れて行きました。

一カ月たっても、
二カ月たっても、
三カ月たっても、
四カ月たっても、
残った一組の恋人たちは離れませんでした。
そして
はじめのうちは広場にその恋人たちを見に来た人たちも
まったく話題にしなくなり、
王様もラブソンのことなどすっかり忘れて
カモシカ狩《が》りに熱中するようになってしまいました。

第六の歌

秋が過ぎて、冬がきました。
抱《だ》きあった最後の一組の恋人たちは
立ったまま同じ夢を見ました。
だんだん、足のほうから地に根ざして
もう歩けなくなってゆくのが、わかるような気がしました。
抱きあった二人の足もとには雪がつもり、
二人は膝《ひざ》まで雪に埋《う》もれているのがわかりました。
日曜日のたび、
さみしいお婆《ばあ》さんが来てシャベルで
その雪を片づけて行きましたが、
やがてその雪もひとりでにとけて、
春が来て、夏になりました。
帽子《ぼうし》には鳥が巣をつくり

抱《だ》きあった二人の腕から小さな芽《め》が出はじめました。

そして二人のまわりを、
子供たちが腕をつないでまわりながら
ロンドン・ブリッジをして遊ぶようになりました。

新しい秋がくるころ、
二人はすっかり木になってしまっていたのです。

「樅《もみ》の木だ！」

と観光客が言いました。

「まるで、抱きあった人間みたいだが、樅《もみ》の木なのです」

と観光案内人が言いました。

「別名《べつめい》を、恋人《こいびと》の木と言います」

第七の歌

だが、この話は嘘《うそ》なのです。

ひとりぼっちのみずえが、一本の樅《もみ》の木を見ながら思っていた空想なのです。

もしも、そんなに永遠の愛があったら、素敵《すてき》なのに！
とみずえは思いました。
だが、みずえには恋人はありませんでした。

なぜなら、みずえが去ったあと
樅《もみ》の木にはみずえの名前だけしか
彫《ほ》りのこされていなかったからです。

星のないメルヘン

ぼくはサン・テグジュペリの『星の王子さま』が住んでる星は、どの星だろうと思っていた。

望遠鏡で星を見ながら探偵のようにいろいろ推理するのが好きだった。


星は、ぼくの家具《かぐ》だった。

貧しい少年時代、ぼくは星を家具に、夜風を調度《ちょうど》に、そして詩を什器《じゅうき》にして生活していたとも言える。

「星を全部数えてみたいな」とぼくは言った。

すると理工科の友人は、「数えてるうちに老人になってしまうさ。一生かかっても数えきれないかも知れない」と言った。

だが、星を数えながら老いてゆくことはどんなに素晴しいことだろう。

この八つのメルヘンは星を見る愉《たの》しみのなかった暗い夜に書いた、ぼくのための童話集である。

スターダスト

「こんな小さな星もあるのね」と少年が言った。

「そうよ」とママが答えた。

空が分譲《ぶんじょう》されるようになってから、地上をあふれた人たちは、とりわけ軽い風船住宅に住むようになっていた。空にも交通整理が適用され、人たちは背骨《せぼね》の手術で簡単に空間に浮くことができるようになった。（太平洋の真上にお住みください。鳥のことばがわかるようになるでしょう）――これは分譲のための空間不動産のうたい文句である。

少年のパパは安サラリーマンだったので、なかでももっとも安い高度《こうど》数千マイルの場所に五十坪の空を買った。少年は友だちもなく、空で一人で遊ぶようになった。少年は庭で見つけた空の塵《ちり》を、学校に持って行った。

先生は少年にゴミより小さい星のあることを教えてくれた。その日から少年はピンセットで「小さな星」の採集《さいしゅう》に、歩幅《ほはば》十歩と二十歩の矩形《くけい》の空をくまなく見て歩くようになった。少年の家の屋根から望遠鏡で見ても、自分の生れた地球はとても小さかった。

地球に住んでいる人たちは、議論ばかりしているそうだ、と少年はパパから聞かされた。地球にとどまった人たちはたぶん、よほど議論好きな人たちにちがいないだろう。だが、少年は空中移民のなかでもとりわけ内気で孤独な性癖《せいへき》をもっていたので、いつでも家のまわりで遊んでいた。

ある日、少年がピンセットでつまめるくらいの星を見つけて、そのきらきらした光を見つめていたころ、パパが浮遊力《ふゆうりょく》を失って墜落《ついらく》していった。

ママは号泣《ごうきゅう》したが、パパはみるみる小さくなって消えていった。

どこに墜落したのだろう、と少年は思った。どこでもいやだけど、とりわけ地球だったらいやだな、と少年は思った。

しかし、パパが墜落したのは地球だった。浮かぶ力を失って、ふたたび帰ることのできないパパは、地球からときどき手紙をくれた。

それによるとパパは元気でいるとのことだった。そして帰るために、自分が乗れるような飛行船をつくっているということだった。パパとママとは、たびたび手紙をかわしていた。ママは風船住宅をたたんで地球に行こうと言ったが、少年はいやだと言った。

それからまもなく地球が失《な》くなった。

なんでも地球の人たち同士の話しあいのつかないことがあって、大きな爆弾が投げられたのだということだった。

パパも死んでしまった。

それでママは涙を流して泣いていたのだ。

少年が言った。

「ママ、目に星が入ったんだね」

世界で一番小さい金貨

悲しい話をひとつ聞いてください。

世界で一番小さな金貨の話です。

世界で一番小さな金貨は消しゴムよりも小さかった。小指の爪《つめ》よりも小さかった。はこべらの花弁《かべん》よりも、砂粒《すなつぶ》よりも小さかった。しかし、それでも金貨であることにはちがいがなかったのです。

そこで少年は、それでなにか買おうと思いました。

ジプシーの歌うたいが来たので一曲唄っておくれ、と言ってその世界で一番小さな金貨を手渡すと、ジプシーの歌うたいは「あー」と出だしだけを唄ってやめてしまいました。

「どうしてそれだけしか唄ってくれないの?」と少年が訊《き》きました。

「だって世界で一番小さな金貨の分だから、世界で一番短い歌を唄ったのさ」とジプシーの歌うたいが言いました。

さて、そのジプシーの歌うたいが、世界で一番小さな金貨で「なにを買ったか？」というのが問題ですね。

ジプシーはそれを、ルンペンにあげたのです。

世界で一番小さな親切をしたってわけです。

もらったルンペンはその小さな金貨、生れてはじめて見る金貨の光をとてもきれいだと思いました。そしてその夜はうれしくて眠れませんでした。

夜明けごろ、馬車で通りがかった商人がそのルンペンに向かって言いました。

「世界で一番小さな金貨で、世界で一番大きなものを買ってあげよう！」

「それは、なんです？」とルンペンが訊きました。

「空だよ」と商人が言いました。「空を買ってあげよう」

そして、だまして世界で一番小さな金貨を持って行ってしまったのです。

でもルンペンは、だまされたとは知りませんでした。

ルンペンは空が自分のものになったと思っていました。

そして、あの空にかがやく一番遠くの星が、自分の支払った「世界で一番小さな金貨」だと思っているのでした。

いるかいないか

もう二十年もすると、あらゆる動物と人間とは自由に話ができるようになるだろう。

というジョン・リリの記事を読んだとき、少女はとても幸福な気分になった。

少女は今、七歳だったので二十年後には二十七歳になる。それは十分に若いとは言えないけど、ロマンスにまにあわないというほどの年でもなかったからである。

もしも少女が二十七歳になって、あらゆる動物のことばが話せるようになったら、どうしても話しかけたい相手が一匹いた。それは話しかけたいというよりむしろ、恋をうちあけたいというほうが当たっていたかも知れない。――その相手というのは土曜日に遊園地で見た一匹のいるかなのであった。

だが二十年後にもあのいるかが、いるかいないかは問題であった。あの、チョビひげをたくわえた小肥《こぶと》りの中年紳士、汗っかきで人のよさそうないるかは、もうこの世にあいそをつかして消えてしまっているかも知れない。さみしそうな目つきをしょぼつかせてあたしをじっと見ていたいるかは、水の中へドボンととびこんだまま帰ってこないかも知れないではないか。

そう思うと、少女はなんだか悲しくなった。悲しくなると目があつく重たくなってきて眠くなった。

その夜、少女は夢を見た。

夢の中では、あっというまに二十年たってしまっていて二十七歳になった少女は、いるか語がすっかりわかるようになっているのだった。少女はいるか語で歌をうたい、いるか語で話をした。そこであの遊園地へとんで行って、いるかを探し出したのだった。

ちょうどいるかは、出来たての背広を着てネクタイをしめているところであった。

「いるかさん！」と少女は胸をおどらせて、いるか語で呼びかけた。

「あたしは人間のことばをぜんぶ忘れて、やっといるか語を手に入れました。それというのも、あなたに恋をうちあけたかったからなのよ。さあ、あたしにいるか語で話しかけてちょうだい！」

するといるかは目をショボショボさせて、思いがけないような表情をした。それからびっくりするような素晴しいバリトンの人間のことばで、こんなふうに語るのだった。

「ああ、お嬢さん。ぼくはいるかです。この二十年間一生懸命努力して、いるか語をすっかり忘れ、やっと人間のことばを手に入れたんですよ。もういるか語が全然わからないけど、人間のことばで恋をうちあけることができるってわけですよ！」

だから少女といるかが、恋しあうためには、またまた二十年も待たねばならなかった……というお話。

そしてこのいるかというのは、たとえばぼくのことなのである。ぼくはつい最近まで、少女のことばというのが理解できない男なのであった。

ポケットに恋唄を

軽い男がいた。

歩いていると、ときどき軽すぎて体が少《すこ》し浮くような感じがした。気がつくと足が地上から少し浮いていていた。

彼は自分の体の中に水素ガスがたまって風船になってしまう恐怖にとり憑《つ》かれた。彼は早速《さっそく》、医師のところへ相談に行った。

しかし彼が訪ねた百人の医師は、口をそろえて「どうにもしようがない」と言った。風船とは違って、彼の体には「空気抜き」が何穴かあったので、なぜ「真空《しんくう》状態になっているかわからない」のだ。

軽い男はだれかの陰謀《いんぼう》にちがいない、と思った。彼は七人の私立探偵に七倍の調査料を払って調査させたが、やっぱり「だれの仕業《しわざ》なのかわからない」のであった。

だが、彼の「日ましに軽くなってゆく」という症状《しょうじょう》はどんどんと進んでいった。彼は気がつくと、入浴《にゅうよく》しようとしてバス・ルームへ入ったとたんに軽くなり、天井に頭がつかえてしまって、足は空中を泳ぐような恰好《かっこう》になってしまっていた。

「こんなところを他人に見られたら大変だぞ」と彼は思った。

他人は、無内容、無思想、無肉体などと言って彼を嘲笑《ちょうしょう》することだろう。

そこで彼は外出するたびに、(体が浮かないようにするために)ポケットにオモリを入れて歩くことにした。一塊《ひとかたまり》の鉄では重すぎて歩くことができなくなるので、花をいっぱいつめこんでオモリにした。

花屋で、自分の軽さを花ではかりながら釣合《つりあい》をとるというのは、なかなかの名案であった。

だが、そのうちに彼の「軽くなってゆく」という症状は進んで、花束ではオモリがわりにならなくなってしまった。彼は泣きたかったが、涙さえも我慢《がまん》せねばならなかった。(涙の重さも、惜しまれたからである)。

そんな彼に、ある日少女が話しかけた。まったく思いがけないことだったが、少女がひとこと話すたびに、彼の胸の中にはなにかずっしりとした重みが貯《たくわ》えられるような気がした。

軽い男「なんだか変だけど、きみと話していると、ぼくは浮かばずにいられるような気がするんだ」
少女「でも、ことばに重さなんてあるのかしら?」
軽い男「わからない。だけど、きみのことばはぼくの重さになってくれる」
だから、彼と少女とは毎日逢《あ》って話すことになったのです。

でも、ほんとうにことばに重さなんてあるものでしょうか?

ぼくの答。

「ことばには重さはないけど、愛には重さがあるのです」

お月さま、こんにちは

ある日、女の子は一足のストッキングを買いました。

それはお月さまの色をした、ごくふつうのストッキングでした。

でも女の子が、それを包んでもらって帰ろうとすると、洋品店の太《ふと》っちょの主人が言いました。

「このストッキングは、ふつうのストッキングじゃない。はいたら、きっとびっくりするようなことが起こるだろう」

アパートへ帰って女の子は、しみじみとそのストッキングを眺《なが》めました。見たところ、どこも変ったところがない。

でも、はいたとたんに踊りたくなって、死ぬまで踊りつづけたという赤い靴《くつ》の伝説もあるように、この靴下にもきっとなにかのいわくがあるのだろう。

はいた人がみんな幸福になれればいい。

でも……もし不幸になるというストッキングだったらどうしよう！　はいたとたんに人生に夢がなくなって、友だちにもきらわれて、帰る家もなくなってしまったら……。

女の子はだんだん恐くなりました。そこでそのストッキングをはかずに、そのまま川へ流してしまったのです。

魚たちは、長い足を持っていなかったので、ストッキングに見向きもしませんでした。

ひげの濃《こ》い二人の陽気なルンペンが、その流れてきたストッキングをすくい上げて、お日さまに干《ほ》しました。そして、それを「新品同様」にして、古道具屋に売ったのです。

まだだれにもはかれたことのないストッキングは、古道具屋の店先《みせさき》で、使い古しのギターや、小鳥のいない鳥籠《とりかご》と並んで風にゆれておりました。不思議なことに、闇《やみ》の夜でもそのストッキングのまわりだけは、とても明るくなるのでした。

さて、そのストッキングを買ったのは、貧《まず》しい詩を書く少女でした。彼女はひとりぼっちでした。

今までのストッキングには、もう天《あま》の川ほどたくさんの伝線があったので、アポリネールの詩集を売って、これを買ったのです。

手でさわってみると、とてもなめらかで、それにはいてみると、ぴったりと、まるでしわもたるみもないはき心地なのでした。そればかりではありません。

少女がこれをはいたとたんに、足がすくすくっと伸《の》びたのです。

少女はなんだか歩いてみたくなりました。

というよりはストッキングが「歩くように」と命じたからです。

「でもどこへ？」と、少女がためらいながら訊《き》きました。

「広場のほうへ」と、ストッキングが言いました。

「どうして？」と、少女が尋《たず》ねました。

「男の子がいっぱいいるから」と、ストッキングは言いました。(私は、あなたの恋の水先案内人になってあげましょう)。

広場へ行くとも行かぬとも決めぬうちに、ストッキングはもう歩きだしていました。少女がなにひとつ決めるまもなく、ストッキングはどんどんと人ごみの中へ少女を「運んで」行きました。一歩、歩くたびに、少女の足はすくすくっと一歩分だけ長くなりました。

あたしは背も高くなれるでしょう。と、少女は思いました。

そして、高いということはロマンチックだと思いました。

その夜、少女は自分の足に魅《み》せられた七人の紳士《しんし》に七度プロポーズされて、七度恋をしました。あんまり素敵だったので、夜も眠れなかったくらいです。

ところが、少女はその夜、ストッキングをはいたまま眠ってしまったのです。(きっと、こんな素晴しい夜の思い出をぬぎ捨《す》ててしまうのが、いやだったのでしょう)。眠っているまにも、ストッキングをはいた足は、すくすく、すくすくっと伸びました。そして少女が夢の中で、ロマンスの味をかみしめているまに、少女の足は、一メートル、二メートルとぐんぐんと伸びてゆき、いつのまにか空にもとどくばかりになってしまったのでした。少女はきっと眠っているうちに、お月さまにとどくのではないでしょうか?

これは、お月さまをはいたお話です。

妹のためにに買った新しいストッキングを見ているうちに、こんなことを考えてしまったぼくはひとりぼっちでした。

長距離歌手

1

なんということだろう。

歌いだしたら止まらなくなってしまったのである。

歌手の名はガラスで、歌はアーヴィング・バーリンのラブソング「いつまでも、いつまでも」。

ことの起こりは、こうである。

自転車乗りの名人ヴィネガーが、その功によって准男爵《じゅんだんしゃく》を授《さず》けられ、貴族の末席《まっせき》につらなったことを記念して、紙の城で盛大な祝賀会がひらかれることになった。シャンペンの栓《せん》はとび、近在から集まってきた田舎《いなか》地主や家庭教師、自転車乗りや写真屋までが集まってヴィネガーを讃《たた》えた。そして余興《よきょう》としてガラスが数曲歌うことになったのである。

はじめ、ガラスは「さみしい女」をさらりと歌った。拍手は紙の城をゆさぶり、その哀調に厩舎《きゅうしゃ》のロバまでが涙を流した。しかし、歌い終ると、一座はシンとしずまり返ってしまい、まるで「悪魔が通る時間」のように白けてしまったのだ。

ヴィネガーは盃《さかずき》を持ちあげて叫んだ。

「もっと長い歌はないのか?」

「『財産目録』というのがあります」とガラスが答えた。

「じゃあ、それを歌ってくれ!」

臓物屋《ぞうもつや》　二つの石　三つの花　一羽の鳥
二十二人の墓掘人《はかほりにん》
恋　洗い熊　某《ぼう》夫人　レモン　パン
大きな太陽光線　大波　ズボン
靴拭《くつふ》きのある入口

三羽の七面鳥

大きなベッドの上の二人の恋人たち

しかし、「財産目録」も、まもなく終ってしまった。ヴィネガーは大声でわめいた。

「もっともっと長い歌はないのか?」

「『フランソワ・フランソワの生涯』というのが今のところ、思いつくなかでは一番長い歌でございます」

「『フランソワ・フランソワの生涯』だと?」とヴィネガーが訊《き》き返した。「葬式の場面の出てくる歌だな?」

すると家庭教師があわてて「おめでたい席でそんな歌はいけない」と口を添《そ》えた。

「いっそ、甘い短い歌をくり返しくり返し歌うほうがいいのではないかと思います」

そこでガラスは、自分でも大好きな「いつまでも、いつまでも」を歌いはじめることになったのである。

2

ところが歌いはじめたら、どうしたことか止まらなくなってしまった……ガラスの喉《のど》はいつまでも歌いつづけ、その声量はいささかも衰《おとろ》えることがなかったのである。

パーティが終り、みんな帰ってしまってもガラスは歌いつづけた。ボーイがあと片づけをすませ、大広間のシャンデリアが消え、執事《しつじ》がもう歌をやめてください、と懇《こん》願《がん》してもガラスは歌いつづけた。

ああ「いつまでも、いつまでも」。

だれもいなくなってしまったあとで、その暗闇でガラスは歌いつづけた。

朝、窓のカーテンの隙間《すきま》から陽が差しこんできてもガラスは歌いつづけ、城の召使いたちが食事を運んできてもガラスは歌いつづけた。

だが、ガラスが歌いつづけているのはガラスの意志によるものでないことは、はた目にもはっきりとわかった。ガラスはときどき、目を白黒させて苦しそうにしたし、それに大好きなママレードを塗《ぬ》ったトーストも、レモンジュースも口に入れることはできなかったからである。

ガラスは今年四十歳。

もう引退した女性シンガーで、体力からいっても、とてもそんなに長く歌うことができるわけがない。まるで、老いた鴉《からす》が、声をしぼり出すように歌っている眺《なが》めは、優美というよりは、むしろ無惨《むざん》といったほうがふさわしいような眺《なが》めなのであった。

3

「彼女を歌いやめさせるには?」と外科医は言った。

「怪力の男がいればよいだろう。歌うということは、結局は上顎《うわあご》と下顎《したあご》との運動であるから、怪力の男がそれを閉じさせてしまえばよい」

そこでヴィネガーはすぐさま怪力士《かいりきし》を一人呼んで、それを実行させた。しかし、彼女の歌は、口を閉じてもやっぱり流れ出てくるのであった。「いつまでも、いつまでも」。

「彼女を歌いやめさせるには?」とパン屋の主人は言った。

「口へパンを放りこんでしまえばいいだろう。蓋《ふた》をしちまえば、声も出てきようがないだろうからな」

そこでヴィネガーはすぐさま一塊《ひとかたまり》のパンをひきちぎって、彼女の口へつめこんでみた。しかし、パンは彼女の声の旋律《せんりつ》にあわせて口からあふれ出し、ゆるやかに宙《ちゅう》を舞という始末《しまつ》なのであった。「いつまでも、いつまでも」。

「彼女を歌いやめさせるには?」と金物屋《かねものや》の倅《せがれ》は言った。

「口からあふれ出てくる歌を、ノコギリで挽《ひ》き落してしまえばいいさ」

「あるいは歌に縄《なわ》をかけて、身動きできねえようにしちまうってのは、どうだえ?」

しかし、だれも歌の正体《しょうたい》を手でつかむことはできないので、それは不可能であった。

ああ、一体どうしたことだろう、とみんなは思案《しあん》にくれた。それは、まるで時計塔のように高らかに、晴れた空をわたって村じゅうのすみずみまで流れてゆくのであった。

4

さて、どうしてガラスの歌は止まらなくなったのだろうか?

城の地下室で掃除《そうじ》の少女と馬丁《ばてい》の少年が抱《だ》きあっていた。二人はパーティのとき、暗闇《くらやみ》で愛の告白をし、しみじみと告白しあったのだった。

少年が言った。

「さあ、もう行かなくっちゃ！」

少女が言った。

「もうすこしいて！」

少年が言った。

「じゃ、二階のパーティの、歌がうたい終るまでいよう」

そしてまた二人はあついくちづけをかわした。

だから、二人の愛が終らないうちは、ガラスの歌をうたいやめさせることはできない。

ぼくのペンのいたずら！

スクスク

あたしんちに一人、頭のおかしい人がいます。

でもだれがそうなのかはわかりません。みんなはお互《たが》いを疑い深く見張っています。

あたしんちは先祖代々《せんぞだいだい》、船の設計士。お祖父《じい》ちゃんのパパがつくった船は、アフリカまでも行きました。

あたしんちの家族は、やぶにらみのお祖父ちゃん。猫の大好きなお祖母《ばあ》ちゃん。すこし吃《ども》りでベルリオーズのレコードの大好きなパパ。船で島の別荘地まで家庭教師に出かけて行く、スカートのとても短い男好きのお姉ちゃん。工業学校でフットボール選手のお兄ちゃん。

そしてあたし。あたしは七つ。仇名《あだな》はスクスク。ほんとは小児麻痺《しょうにまひ》で、とってもちびっこ。真赤なダリアが大好きで、キュウリはきらい。

だれが一体、おかしいのでしょうか。

広い豪壮な家で、とべない剝製《はくせい》の鷹《たか》をなでながら、お祖父ちゃんはあたしに言いました。

「頭のおかしいお祖母ちゃんに気をつけな」

そのお祖母ちゃんはあたしに言いました。「パパに気をつけなさい」

そのパパは不機嫌《ふきげん》そうに「お姉ちゃんに気をつけるんだよ」と言うのです。

お姉ちゃんは目をまるくして青い林檎《りんご》をかじりながら、

「お兄ちゃんよ、お兄ちゃんに気をつけないといけないよ」

お兄ちゃん？　するとそのお兄ちゃんは言いました。

「頭のおかしいお祖父ちゃんに気をつけなくっちゃ！」

どれが一体どうなのか。先祖代々の肖像画《しょうぞうが》のある応接間であたしは迷って目まいがしそう。

スクスク、スクスク、あたしの家族は全部で六人、中のだれかが一人だけ、変なのだ。

月が赤く見えたり、トマトジュースが血に見えたりしたら大変。

そいつが頭が変なのだ。気をつけろ。気をつけろ。スクスク、スクスク。

「徹底的《てっていてき》に科学的に捜査《そうさ》してもらうべきである。わが家の純血の係累《けいるい》を守るためにも……医者だ。精神分析医を呼びなさい」とお祖父ちゃんは言いました。

でも……とスクスクは訊《き》きました。

「その一人をどうするの？」

「どうするって？」

「純血の係累《けいるい》のために、殺してしまうの？」

今度はお姉ちゃんがそっとささやきました。

「だれか一人を強制的に頭のおかしな人間にしてしまうのよ……だれだっていいのよ。そうすれば、すこしは変なことをしたりして、ほんとにおかしくなってしまうわよ」

でも、その声が家族みんなに聞こえたのでみんな重苦しい気持で、にらむようにお姉ちゃんを見ました。お姉ちゃんはだまってしまいました。

翌日から、みんなの挙動《きよどう》に変化が起こりました。みんな、「自分だけは正常である」ために工夫《くふう》しはじめたのです。つまり、お祖母ちゃんはなんでもかんでもお祖父ちゃんの真似《まね》をしはじめました。頭のおかしな人間は一人なのだから、二人同じことをする人がいるとその二人は変ではない、という理由からなのでしょう。

すると今度はパパがお祖母ちゃんの真似をし、お姉ちゃんはパパの真似、お兄ちゃんはお姉ちゃんの真似、お祖父ちゃんはお兄ちゃんの真似をしはじめました。

朝食のとき、五人は同じようにちょっとやぶにらみで大麦入りのスープを飲み、同じように咳《せき》ばらいをしました。それは見ていても、むしろ涙ぐましいくらいよく似ていました。

スクスクはひとりぼっちでした。もしいたずらして、血のついたナイフを食卓の上へ置いてもみんな知らんふりをしているでしょう。

スクスクはやがて、いつか自分一人だけすることが違っている、という理由で発見され、頭がおかしいと言われるだろう、と予感しました。

もしかしたら、世の中で頭がおかしいといわれている人はみんなこのようなものなのかも知れない。そういった人は真似《まね》するのがいやな人たちなんだ。スクスクは一人で石けりをして遊び、小鳥を撃《う》って遊び、空へ大きな声で呼びかけて遊びました。

スクスク　のびろ青い麦
スクスク　燃えろあたしの血
スクスク　はえろ雲雀《ひばり》の翼《つばさ》
スクスク　スクスク　あたしの夢

家では家族五人が、一列に並んで夜の歯みがきをしているころでしょうか。スクスクはチョークでいっぱい、壁に落書をしながら大きな字でこう書きました。

「あたしは王様。世の中は嘘つき！　みんな、嘘つき！」

鰐《わに》

　ある朝、彼は言いました。

「ゆうべ、鰐《わに》の夢を見たよ」

　それからベッドに腰かけて一匙《ひとさじ》のコーヒーを湯にとかしながら、「一匹の鰐《わに》が、このベッドの下にかくれているんだ」と言いました。

「ちょっと待って」と彼女が言いました。

「その先は、私が言うわ」

　彼女は彼と並んでベッドに腰かけて、足をぶらぶらさせながら、それでもいささか不安そうに言いました。

「ベッドの下にかくれている鰐《わに》は、なにもしないの。ただ、いるだけなの。だけど、箒《ほうき》で追いたてても、出て行こうとしないの」

彼はびっくりして、「きみも見たのか？」と言いました。

「同じ夢をきみも見たのか？」

彼女はうなずきました。

「それで隣《となり》の主人を呼んできて、長い棒でつついてもらったけど、やっぱりビクともしない。まるで動かないの」

「同じだ」と彼は言いました。

「まったく同じだ」

だけど、同じ夢を見るなんてことが、ほんとうにあるものだろうか？

「こわいわ」と彼女が言いました。

「なにが……」と彼が言いました。

「ベッドの下を見るのがか？」


夕べ寝る前に、彼は彼女と熱い抱擁《ほうよう》のあとで、「目があいているときは二人はいつも一緒だけど、眠ってしまうとべつべつだね」と言ったのを思い出しました。

「どうして？」と彼女は訊《き》きました。

「だって、夢まで同じものを見るってわけにはいかないもの」

——ところが、同じ夢を見てしまったのです。

「これは完全な愛のしるしだよ」と彼が言いました。

「鰐《わに》は、二人の愛のシンボルなんだ」

「だけど……」と彼女はこだわりました。

「ベッドの下に、もし、ほんとに鰐《わに》がいたら、どうするの？」

「なおさら素敵だよ」と彼が言いました。

「夢だけが一緒じゃなくて、醒《さ》めてからの現実まで一緒なんだ。そうなりゃ、もうぼくらの愛は永遠だ」

「いると思う？」と彼女が訊きました。

「かも知れない」

「でも、もしほんとに鰐《わに》がいて、ほんとに追い立ててもここを出て行かなかったら、どうする？」

「仕方ないさ。それはぼくらの夢の罰《ばつ》だ」

「こわいわ」と彼女が言いました。

「これから、ずっと鰐《わに》と一緒に暮らすのね。ベッドの下の鰐《わに》と」

「ああ、仕方ないさ……それが愛の証《あかし》ならね」

恋人たちのみなさん！

あなたたちは二人で愛しあったあとで、ベッドの下をのぞいてみたことがありますか？

そして、そこにかくれている一匹の鰐《わに》を見出したことがありますか？

あなたたち二人にとって、のぞいてみたときに、鰐《わに》がほんとにいるのと、いないのとどっちが幸福ですか？　私にはわかりません。

でも、ベッドの下の鰐《わに》は、あなたたちの愛がほんものであることをはかるための、私の宿題なのですよ。

バラード＝樅の木と話した

モミという名の女の子がやって来た

ぼくは表通《おもてどお》りの乾物屋《かんぶつや》の屋根裏《やねうら》を借《か》りて暮らすことになりました。「どうして屋根裏なんかに住むの？」と訊《き》かれるたびに「すこしでも、空の近くで眠りたいんだ」と威張《いば》って言いましたが、ほんとはその屋根裏の部屋代がやっと払えるぐらいしかお金がなかったのです。

引越《ひっこ》してきたはじめての晩《ばん》、ぼくはがらんとしたその屋根裏で、話相手もなく、ぼんやりと、これからの生活と売れない詩のことについて考えてうとうとしていました。するど、そのぼくの頭の上のほうから声がするのです。

「ね、……消しゴムを貸《か》して」

ぼくはびっくりして顔をあげました。

「消しゴムを貸してよ」

ぼくは夢かと思いながら、目をこすりました。すると、どこから入って来たのか、ひとりの女の子──十七歳ぐらいの女の子が立っているのでした。

「やあ、きみはどこから来たの？」とぼくは訊《き》きました。「そして一体、だれなの？」部屋の入口はしっかり閉《し》まっていたし、ぼくにはこんな顔は見おぼえがありませんでした。あとは、屋根にくっついている開《あ》け放しの窓だけですが、そこから見えるのは縹渺《ひょうびょう》とした夜空ぐらいのものです。

「ツグミを描《か》いているうちに、まちがってトサカをつけてしまったの。だから、トサカを消さなくっちゃ」と女の子はぶっきらぼうに言いました。

ぼくは言われるままに机の抽出《ひきだし》をガタガタいわせながら消しゴムをさがしました。だけど引越したばかりなので、どうもうまく見つかりません。やっと、ジャンパーのポケットからすりへった小さな消しゴムをさがし出してわたすと女の子は、今度は部屋の反対側に立っていてニコニコしているのです。

「ね、あたしの描《か》いたツグミを見たいと思わない?」と彼女は言いました。

「あたしの描いたツグミはほんとにとぶのよ」

ぼくはまたまた、信じられない、という顔になりました。

すると彼女はすこしムキになって「あたしの描《か》いた男の子たちは画用紙を抜け出して歩きだすし、あたしの描いたスピッツはほんとに吠《ほ》えるの。あたしの描いた帽子《ぼうし》はほんとにかぶれるし、あたしの描いた海じゃ、みんなほんとに泳《およ》ぐことができるのよ」と言いました。

そこでぼくは、彼女がうしろ手に持っている一枚の画用紙を見せてもらうことになりました。ぼくには、とてもそんなことが信じられませんでしたが、それでも彼女がやって来たことの不思議さに、すっかりのみこまれてしまっていたのです。

彼女は得意そうに、ツグミの絵を見せてくれました。

ああ、だがそれはとてもツグミなんかじゃなかった。

「まるでニワトリじゃないか！」とぼくは言いました。

そしてぼくはおかしさに腹をかかえてしまいました。

すると女の子はちょっと怒ったようでしたが、消しゴムでトサカを消しました。するとすこしはツグミらしくなりましたが、それでもやっぱり十七歳の女の子の描いたものにはとても見えないほど下手《へた》くそな絵なのです。

「これがほんとにとぶのかい？」とぼくが言いました。

すると彼女は「見てて、今にもとび出すから！」と言いました。

そして画用紙のうしろからシッ、シッとけしかけていましたが、ツグミはやっぱりとび出しません。一時間も二時間も、シッ、シッとやっていましたが、とび出すどころか身動きもしないのでした。

女の子は目に涙さえうかべて、「とべツグミ！　ツグミとべ！」と言いつづけました。

これがぼくと、モミのはじめての出会いでした。

モミがありとあらゆる商会へ連れて行くと言った

モミがどこから来たのか、そして一体だれなのかわかるまでに、とても時間がかかりました。モミはぼくの訊《き》くことに、ちっとも答えてくれないし、すこしこみいった話になるとクスンと笑って首をふってしまうからです。でも、モミがぼくに興味をもったことは確かなようでした。

モミはぼくに、「もし、退屈しているなら」と言いました。「あたしがいいところへ連れて行ってあげてもいいのよ」

「いいとこって?」とぼくが、訊き返すと、モミはあたりをうかがって、だれも聞いていないかどうかを確かめました。

「だれも聞いてなんかいないよ。ここにはぼくしかいないんだ」とぼくは笑いました。するとモミは「あたしとても面白《おもしろ》いお店を知ってるの」と言いました。「この鉛筆もそのお店で買ったのよ」

ぼくはうなずいて「ああ、文房具屋《ぶんぼうぐや》さんか」と言いました。「そんならぼくも知ってるよ。郵便局の隣《となり》にあるんだ」

するとモミは首をふりました。そして、すこし口をとがらして（餌《えさ》をほしがる小鳥の嘴《くちばし》みたいに）「違う、違う！」と言いました。「文房具屋さんなんかじゃないわ。ぜんぜん違うわ」

「じゃあ、何屋さんだい？」

するとモミは、ぼくの耳もとに口をよせて低い声でなにか言ったようでした。その声が聞き取れなかったので、ぼくが「え？」と訊き返すと、モミはもうぼくから離れてしまって向こうの階段に腰かけているのです。

「一体、なにを売っている店なんだい？」と、もう一度ぼくは訊きました。

「ありとあらゆる商会っていうの。なんでも売っているお店なの」とモミは両手をひろげてみせて、「ほしいものならなんでも手に入るわ」と上機嫌《じょうきげん》で言いました。

「ほしいものなら、なんでも手に入るって？」とぼくはうなずいて、「そりゃ、そうだろ。お金さえあればね」と言いました。

「でも、ぼくはそんなに金持ちじゃない」

「お金なんかいらないの」と階段で足をぶらぶらさせていたモミが「ただ、ほしいものを選《えら》んで持ってくるだけでいいんだわ」と言いました。

ありとあらゆる商会では、ありとあらゆる商標《しょうひょう》のついたものなら、なんでもただでくれる。ただし、自分のほしいものは自分で選ばなければいけないというのです。

「お月さまがほしい、って言えばお月さまだって壜詰《びんづめ》にしてくれるよ」とモミが言いました。

「でも、ぼくがお月さまを買っちゃったら、空が真暗《まつくら》になってしまうじゃないか」とぼくが言うと、「大丈夫《だいじょうぶ》！」とモミは人差指《ひとさしゆび》をたてました。

「ありとあらゆる商会じゃ、工場があってお月さまを量産《りょうさん》してるの。だからお月さまが二つ三つなくなっても、ちっともさしつかえないわ」

「へえ！」とぼくはあきれて、「お月さまを量産してるだって？」と言いました。「そんな商会へなら、すぐでも行ってみたいもんだね」

するとモミが言いました。

「じゃ、連《つ》れてってあげるわ。でも夜中にあたしと二人っきりだからって、紳士《しんし》的に振舞《ふるま》わないとだめですよ。あたしはまだ、嫁入《よめい》り前なんだから」

なまいきな、ちびめ。

なぜの壜詰を買った夜の思い出

ありとあらゆる商会は外から見ると、ふつうの食料品店のようでした。

ショーウインドウには、さまざまの壜詰《びんづめ》が無造作《むぞうさ》に並《なら》んでいるだけでした。でも、真夜中で、あたりが真暗《まつくら》なのに、そこだけが昼のように明るいのは、ちょっと不思議な感じがしました。

入口までやって来ると、モミは人差指《ひとさしゆび》を口の前にたてて、「シーッ」と言いました。

「なにを買ってもいいし、なにをほめても貶《けな》してもいいの。でも、たったひとつだけ約束してほしいことがあるわ」

ぼくは、もちろんうなずきました。

「いいとも、なんでも約束するさ」

するとモミが言いました。

「お店のご主人の顔を見ないでちょうだい」

ああいいとも。そんなことはお易《やす》い御用だ……とぼくは思いました。

「約束しよう」

そしてモミとぼくとは、そのありとあらゆる商会の中へ入りました。外から見ると、ドラッグ・ストアみたいだったのに、中へ入ってみると、中はごみごみしていました。ちょうど、一年前に帆布《ほぬの》、ロープ、船具《ふなぐ》を売る店へ行ったときを思い出しました。いや、むしろ見世物小屋の中に似ていると言ったほうがいいかも知れないな。

あの小人の出る見世物小屋、赤だの青だの豆ランプの点滅《てんめつ》する魔術市場《まじゅついちば》、鏡の家の中のような胸おどる感じ。ぼくは、モミに言われたとおり、店の主人の顔を見ないようにして、陳列《ちんれつ》してある古いポータブル蓄音機《ちくおんき》、剝製《はくせい》の鳥、海賊船《かいぞくせん》の模型《もけい》などを見まわしました。

「なにをさしあげましょうか?」

と主人がしゃがれた声で言いました。「なんでもありますよ」

ぼくは、だまって空《から》っぽの罎詰《びんづめ》を手に取りました。なにもたずねないうちに、主人が「ああ、それは」と説明してくれました。「それは、だれでも入れる罎詰ですよ」

僕は微笑《びしょう》しました。

「こんなちっぽけな罎《びん》に、一体だれが入れるものだろうか?」

しかし主人は(まるでインド人の催眠術師《さいみんじゅつし》のような口調《くちょう》になって)言いました。

「今までに、男の子が二人、若い夫婦が一組、それに山羊《やぎ》と小鳥と年とった人が一人入りました」

「でも、こんな壜《びん》の中に入ってどうするの？」と今度はモミが訊《き》きました。

「さあ、どうするんだろうね」と主人は言いました。「自分から望んで入って行ったのだから、きっと幸福になっているんじゃありませんかね」

ぼくは、その壜の中をのぞきこんでみましたが、中は真暗《まっくら》でなにも見えませんでした。ただ不思議なことは、この長さ二十センチぐらいの小さな壜が、のぞきこむと何キロもの道のりがありそうに見えるのです。

「その最後に入った老人というのは、一人娘に捨《す》てられた悲しい司書《ししょ》でしたが、入るときは口笛を吹いていましたよ」と、主人は、自慢《じまん》そうに言いました。

でも、ぼくはその壜に耳をつけると、底のほうからかすれた口笛が聴《き》こえてくるようで、なんだかこわい気がしました。

「心配はいりません。こわくないものもあります」とぼくの心を読んだように主人が言いました。

「そのへんにあるのは、シャンソンの剝製《はくせい》です。全部、古いシャンソンばかりだけど」と主人が指さしたのは、まるで鳥の剝製《はくせい》に楽譜《がくふ》でもつめたような、ふくらんだものでした。

「ああ、それは」と主人の声は言いました。「ダミアのカモメの剝製《はくせい》だ」

ぼくは、もう決して声にならないその剝製《はくせい》を見つめました。

「ここから地中海までとどくような世界でいちばん長い煙草《たばこ》。ピンセットでつままなければばならないような世界でいちばん小さな星。

そして〈さよなら〉の壜詰、はいたら絶対踊れなくなるという青い靴。なんでもあるけれど、あなたは一体、なにをお買い求めにいらしたのかな？」

主人は、ぼくの背後《はいご》からやさしく、しかし不気味《ぶきみ》な声で、そうたずねるのでした。

けむりの城からの手紙

ぼくは言いました。

「〈なぜの壜詰《びんづめ》〉がほしいのです」

すると店の主人が、ははあ？　という顔をしました。そこで、ぼくはもうすこし高い声で念《ねん》をおしました。

「つまりぼくは、〈なぜの壜詰《びんづめ》〉がほしいのですよ」

モミが鳥のように両手をひろげて肩をすくめました。

「へんなものが好きなのね」

でも、主人は面倒くさがりもせずに、〈なぜの壜詰《びんづめ》〉をさがしてくれました。

「近ごろは」と店の主人は言いました。

「〈なぜの壜詰〉なんて、あんまり売れないいんですよ。うっかり、こんなもの買ってふたをあけてしまったら、悩《なや》みばかりで生きにくくなりますからね」

そして取り出してくれた〈なぜの壜詰〉というのは、もうすっかり煤《すす》けてしまった一九二〇年代の古い壜《びん》になっていて、そのラベルにはほとんど読みとれないような字体で Macaronicum と書いてありました。でもそれがなにを意味するかはぼくにもまるでわかりません。

「ハムレットは、この壜詰の使用法を間違えましてな」と主人は言いました。「とう、自分で自分をこの壜にとじこめてしまうことになったんですよ」


「ありとあらゆるものの壜詰は、すべて使用法が問題です」

と話好きな店の主人は壜の棚《たな》のかげから言いました。

「〈さよならの壜詰〉を買って行った若い女が、ドラッグ・ストアでケチャップの壜と〈さよならの壜〉とを間違えて、ハンバーガーに〈さよなら〉をふりかけてしまい、食べた家族がみんな別れ別れになってしまったという失敗もあるくらいですからね」

「へえ?」とぼくがたずねました。

「〈さよなら〉とトマトケチャップは似たものだったんですか?」

「たしかに」と店の主人は説明してくれました。

「〈さよなら〉は、ちょっと甘くて、酸《す》っぱくて、辛《から》くて、指先《ゆびさき》へつけるとドロッとしていて、ケチャップによく似ていましたな。しかも色まで、赤かったですからね」

「では、この、〈なぜの壜詰〉の中に入っている〈なぜ〉は、どんな形をしていますか? 〈なぜ〉の長さは何センチメートルくらいで、またその重さは何グラムぐらいですか?」

するとモミが〈なぜの壜詰《びんづめ》〉のふたに手をかけました。

「開《あ》けてみたらいいじゃないの」

そして主人がとめようとするまもなく、あっというまにそのふたを開《あ》けてしまったのです。壜の中からはむくむくとけむりが出てきました。

そのけむりはまるで、はじめからそうなることが決まっていたかのように、城のような形になって、ぼくとモミとを取り囲《かこ》んでしまいました。

「〈なぜ〉はけむりだ」とぼくは叫《さけ》びました。

「いいえ、〈なぜ〉はお城だわ」とモミが叫びました。

それから、二人は声をそろえて、「〈なぜ〉は、けむりの城だ」と叫びました。

この中に閉じこめられてしまったら、もう生きて出ることはできないだろう、というそんな予感がぼくをとらえました。


ああ、なぜだろう……と、けむりの城砦《じょうさい》に腰かけながらぼくは思いました。

なぜ、ぼくはこんなものをほしがったりしたのだろう。

なぜ、いつまでもひとりぼっちなのだろう。

なぜ、月はあんなに遠いのだろう。

なぜ、モミはやって来たのだろう。

なぜ、ぼくは幸福について考えたりするのだろう。

なぜ、こんな内緒話《ないしょばなし》を打ち明けてしまったのだろう。

ああ、なぜ、詩なんか書くのだろう。


この答をさがすためには、ぼくはあまりにもさみしがり屋すぎるようです。

宝石館

王様が指輪《ゆびわ》をこすっても悪魔《あくま》が出なかったので、ぼくは……

アラビアン・ナイトのなかの「アラジンの魔法のランプ」の章に、指輪《ゆびわ》の悪魔というのが出てくる。印形《いんぎょう》付きの指輪をこすると、一人の悪魔があらわれて「なんなりと御用を言いつけてくださいまし」と言うのである。

この伝説のはじまりはヘロドトスの書物にあらわれる。サモス島の僭王《せんおう》ポリュクラテスの伝説である。

あまりに幸福すぎると、神さまが嫉妬《しっと》するといけない、とエジプトの王様に忠告されたポリュクラテスは、自分のいちばん大切な宝物を人目にふれないところへ捨《す》てようと思い立ち、エメラルドをはめこんだ指輪を海へ捨てるのである。ところが、五、六日あとに、漁師《りょうし》から贈《おく》られた大きな魚のお腹《なか》を割《わ》ると、中からその指輪が出てきたのであった。神さまの「お返し」というわけか。

この話を読んだ少年時代のぼくは、ちっとも幸福ではなかったので、ぼくの指輪を海に捨てようなどとは思わなかった。ぼくの指輪は、宝石なしのカマボコで、母のかたみであった。だが、いくらこすっても悪魔はあらわれてくることもなかったし、奇蹟《きせき》も起こらなかった。

いつも、机《つくえ》の抽出《ひきだし》のいちばん奥にころがっていて、すこし錆《さび》ついていて、役に立つこともなかった。古道具屋にでも売ってしまおうかと思ったこともあるが、いくらにもなるものでもないし、それに母のかたみだということが気にかかったのだ。

そして十年。

指輪は今でも机の中にころがっている。ぼくは一度もそれをはめてみたことはないが、それでもなんとなくこのみすぼらしい指輪に愛着をおぼえるようになってきた。そこで、せめてことばの宝石で、彩《いろど》ってやりたいと思って、いくつかの宝石の詩を書きはじめた。それが、この「宝石館」である。

指輪――プロローグのかわりに

指輪《ゆびわ》をこすると
悪魔《あくま》があらわれて
なんでもねがいごとを叶《かな》えてくれるのは
アラビアン・ナイトの物語

この小さな古い指輪は
こすっても悪魔も出てこなければ
ねがいごとも叶《かな》うことはないでしょう

そのかわり

この小さな古い指輪をこすってみてください
悪魔のかわりに
もっといいものがあらわれるでしょう。
それは
愛です

貧《まず》しい恋人たちのアラビアン・ナイト
婚約《こんやく》指輪には夢がある
愛がほしいときには　きみよ
この小さな古い指輪を
こすってください

ルビー　*Ruby*

片目のマリーがいました
世界はほんとは二つあるのだけれど
片目だから一つしか見えないのだと
思っていました

だから
恋人からルビーを贈《おく》られたときにも

ほんとは二つのルビーがあって
自分には一つしか見えないのだと
思ったのです

でも
もう一つのルビーはほんとにあるのでしょうか
ないのでしょうか?

幸福をさがしてみるのは

かなしいことかも知れません

真珠《しんじゅ》　*Pearl*　(1)

もしも
あたしがおとなになって
けっこんして　こどもをうむようになったら
お月さまをみて
ひとりでになみだをながすことも
なくなるだろう
と
さかなの女の子はおもいました
だからこの大切ななみだを

海のみずとまじりあわないように
だいじにとっておきたい
と
貝《かい》のなかにしまいました

そしてさかなの女の子はおとなになって
そのことを忘れてしまいました
でも
真珠《しんじゅ》はいつまでも
貝のなかで
女の子がむかえにきてくれるのを
まっていたのです

さかなの女の子
それは
だあれ?

真珠《しんじゆ》　*Pearl*　(2)

嘘《うそ》つきな女がいました
嘘つきな男に恋をしました
空にかかった嘘のお月さま
かわすことばも嘘ばかり
嘘でかざった城に住み

嘘のしぐさで愛しあい
くたびれきって別れました
嘘つきな女は船に乗り
嘘の思い出を詩に書きました
だけど
海にこぼしたなみだだけは
ほんとでした
ほんとのなみだは

海のそこで
貝《かい》の真珠《しんじゅ》になりました
だから真珠を
日に透《す》かすと
過ぎ去った日の
さよならが見える

サンゴ　*Coral*

サンゴ礁《しょう》のかなたには
何があるの？
と訊《き》いた少女があった

私は答えた
しあわせの国があるのだ　と

どうしてあんな嘘《うそ》をついたりなど
したのだろう
サンゴ礁《しょう》のかなたには

ただ青い青い海と
戦争をこらえているいくつかの
国があるばかりなのに

深い桃色《ももいろ》のサンゴの耳飾《みみかざ》りを
見るたびに
私は考える
あの少女も大きくなって
子供に
「サンゴ礁《しょう》のかなたには
何があるの？」
と訊かれたら
やっぱり答えるだろう
「しあわせの国があるのだ」と

サンゴよ　サンゴ　桃色サンゴ

しあわせの国について思うたび
いつも心では
はるかな海の音が聴《き》こえる

アメシスト　*Amethyst*

だれもいなくて
口さびしいときには
口の運動をおすすめします
アメシスト　アメシスト　アメシスト
と
なんべんも呪文《じゅもん》のようにくり返していると
心が
なごんでくるのです

いちばん高価《こうか》でもなく

いちばん安くもない
ちょうどあたしの心に似合《にあ》う
ブラジル生れの
小さな宝石

恋人の思い出もなかったし
旅の記憶《きおく》もなかったけれど
なぜか
アメシスト　アメシスト　アメシスト
アメシスト
とくり返しているだけで
なみだがかわいてゆくのです

ヒスイ　*Jade*

なみだを遠い草原に
ヒスイをきみのてのひらに

過ぎ去った夏に
そう歌った石よ
それはまばゆいばかりの緑
小さな大自然

なみだを遠い草原に
ヒスイをきみのてのひらに

だがヒスイは買うにはあまりにも
高価《こうか》すぎて
ぼくはあまりにも
貧《まず》しかった

だからこそぼくは歌ったのだ
せめてことばの宝石で
ふたりの一日を
かざるために

なみだを遠い草原に
ヒスイをきみのてのひらに

ダイヤモンド　*Diamond*

木という字を一つ書きました
一本じゃかわいそうだから
と思ってもう一本ならべると
林という字になりました
淋《さび》しいという字をじっと見ていると

二本の木が
なぜ涙ぐんでいるのか
よくわかる
ほんとに愛しはじめたときにだけ
淋しさが訪れるのです

エメラルド　*Emerald*

むかし
星は地上でかがやいていました
バビロンの町では　笊《ざる》のなかから
てのひらの上まで
買物籠《かご》のなかから
路上《ろじょう》まで
星でいっぱいでした

でも

戦争があり　人たちの
にくしみがあって
星はみないっせいに
空へ引き揚《あ》げていってしまったのです

五千年前
愛しあっていた彼と彼女は
自分たちの星をたったひとつ　岩のあいだに
かくしておいたので
そのひとつの星だけが
地上に残ることになりました

それが私の　エメラルド！

ガーネット　*Garnet*

もしも
思い出をかためて
ひとつの石にすることができるならば
あの日
ふたりで眺《なが》めた夕焼の色を
石にしてしまいたい
と
女は手紙に書きました

その返事に

恋人が送ってよこしたのは
ガーネットの指輪《ゆびわ》でした

あかい小さなガーネットの指輪を見つめて
いると
二人はいつでも
婚約した日のことを思い出すのです

サファイア　*Sapphire*

ひとつの石の伝説《でんせつ》がある
エジプトでは盲目《もうもく》の人たちが
この石をひたした水で目を洗《あら》えば目が見えるようになると言われ
どんな真昼《まひる》にでも空にかざすと
星が見えると言われた

ルーアンの大司教《だいしきょう》がローマで死んだとき
この石の指輪をはめていたため
埋葬《まいそう》される直前に　おしかけたサンタマリア・マジョーレの群衆《ぐんしゅう》は
指ごとその石をもぎとって行った

その石は九月生れの人の
運命をあずかると言われ　気品《きひん》と美とをそなえて
今もてのひらの上で眠っている

石の名はサファイア
そして
美しく発狂したぼくの母よ
あなたは九月生れでしたね

猫目石《ねこめいし》　*Cat's-eye*

けむりという名の子猫が死にました
お城の庭に埋《う》めました
七年前の冬でした

春になって
グラジオラスの花の種子《たね》をまこうとして
土を掘《ほ》りおこしていると
出てきたのは小さな猫目石《ねこめいし》

キャッツアイはけむりの思い出

夜になると
母の宝石箱のなかで
大きなまばたきをするのです

かわいい子猫の
けむりの目玉！
お嫁《よめ》に行くとき　ついてきてね

ぼくのギリシア神話

美の永遠について——プシケ

蝶《ちょう》の採集《さいしゅう》に、熱中していたことがある。中学生のころである。

ぼくはドイツの、ある有名な昆虫学者が標本にするための蝶を、野に採集に行かずに、ガラスの罎《びん》の中で幼虫のうちから飼《か》って、色が美しくなるような食べ物だけを与え、成長してきれいな蝶になったときに、それをピンで刺し殺して標本《ひょうほん》にするのだ、と聞いてひどく感心したものであった。

ホルマリンの匂《にお》いのこもった勉強部屋で、ぼくはファーブルの『昆虫記』やアポリネールの詩集といっしょに暮らしていた。そして、蝶のことをプシケ Psyche と呼ぶギリシア語について、さまざまな空想をめぐらしていた。

プシケには、蝶のほかに霊魂《れいこん》という意味があるのはとても不思議な気がした。

「先生」とぼくは訊《き》いた。「霊魂は不死でしょう? 蝶のように美しいものに、不死なんておかしいじゃありませんか? 美しいものは、すぐに滅《ほろ》んでしまうものではないでしょうか?」

その先生はただ微笑しているだけで、なにも説明してくれなかった。ぼくはギリシア神話の中に出てくるプシケという美しい少女のことを思いうかべた。

あまり美しいために、プシケが通るだけで道ばたの花が枯《か》れてしまったとまで言われるプシケ——。

彼女の一生は、なまやさしいものではなかったようである。美の神のアフロディテはプシケに嫉妬《しっと》して、神の力で「この世でもっともいやらしい人間に恋をする」ように、宿命づけられてしまった。

そしてプシケは、自分の結婚式が終るまで、自分の夫を一度も見ることが出来ない、という有様だったのである。それでもプシケは、自分の運命を悲しむことはしなかった。

ただ、夫の顔も見ることが出来ぬという不幸な「家庭」のなかで、従順にしていたが、とうとうある夜、夫の寝顔を見てしまい、そのために地獄の苦しみを味わうことになるのである。

蝶の羽根を持った美しい少女プシケの一生には、毛虫、マユ、蝶という移り変りがあり、醜《みにく》さと美とが「同じもの」として扱われているところや、夫を探して数千里をさまよってゆくところでは、じんと胸に沁《し》みるものがあった。

しかし、彼女の夫への愛のあまりの激しさに、ついに神の王ゼウスは、神々の飲む酒を与えて、「プシケよ、これを飲め。そして、不老不死の身となるがよい」と言うのであった。

ところで、ぼくはこのプシケを愛していた。逢ったことのない少女だったが、それだけにぼくの空想のなかで、好きな女の子はみな、背中に蝶の羽根をはやすようになるのであった。

こんなことがあった。ぼくの中学の同級生で、ぼくと同じように蝶の採集をしている石崎というテニス部の男が旅で採《と》って来た、キアゲハチョウの美しさにすっかり魅《み》せられたぼくは、それを盗み出して学校の図書室の地下室に閉じこめてしまったのである。

その夜から、プシケはぼくの夢のなかで地下室の暗闇《くらやみ》をゆっくりととぶのであった。

あの、閉じこめて来たキアゲハは、今でも故郷の中学校の地下室に、不死のままとんでいるだろうか？　それとも、もう死んでしまったであろうか？

あれから、すでに十五年もたつのだが……。

想像の恋人について――ピグマリオン

たった一度だけ、自殺を見たことがある。

ぼくたちは、学校の階段に腰かけて、それが自殺だったか、心中《しんじゅう》だったかについて議論した。それはとても難《むつか》しい問題で、みんなは「心中であるはずがない」と言いはったが、ぼくだけは心中説に固執《こしつ》した。

死んだ先生は、ギリシア神話を愛読していたし、それに事件のあとのアトリエに入った人ならだれでも、ピグマリオンのエピソードを思いうかべずにはいられなかったはずだからである。

それは先生が二十九歳、ぼくは十五歳の、ちょうど、渡り鳥が学校の階段の窓からでも数えられるような、さみしい秋の最後の日のことであった。

ピグマリオンは彫刻家《ちょうこくか》であった。彼は、女の貪欲《どんよく》さにつくづくと愛想《あいそ》が尽《つ》きて、一生独身で暮らそうと思っていた、と神話の記述家は述べている。彼は現実の女のかわりに、自分の理想の女を彫刻し、どんな女よりも美しい少女に仕立てあげた。

毎日、精魂《せいこん》をこめて、それを彫《ほ》ってゆくうちに、ピグマリオンはしだいにその彫刻が生きているような錯覚《さっかく》にとらわれはじめ、いつのまにかその象牙《ぞうげ》の少女に恋をしてしまったのである。ピグマリオンは、この像をテュロス染めの敷物をのべた長椅子に寝かして、羽根の枕をさせ、自分の妻と呼んでいた。

やがて、キプロス島に盛大な祭りがあり、生贄《いけにえ》がささげられ、アフロディテの神が列席したとき、ピグマリオンはおそるおそるすすみ出て、「どうか、わたしの妻として……」と、言った。「象牙《ぞうげ》の少女をお与えくださいまし」

そして、家へ帰っていつものように彫刻の少女のくちびるにキスをすると、象牙の少女は生きた人間になって、顔をあからめながらピグマリオンを見つめ返した、というのである。

先生もまた――ピグマリオンのように、いつも一人の少女の絵ばかり描《か》きつづけていた。

それはだれの写生でもなく、だれにも似ていなかったから、先生の心のなかに描《えが》いている想像のなかの恋人なのかも知れなかった。

——先生は、どうしていつも一人の少女の絵ばかり描《か》くのですか？

と、ぼくは訊《き》いたことがある。すると先生は、

——べつに一人を描いてるつもりはないんだが、描いているうちにみな同じになってしまうんだ。

と、てれくさそうに言ったものであった。

——だれなんです？　その人は。

と、またぼくは訊いた。

——モデルなんかないさ。私は大の似顔絵ぎらいだもの。

と先生は笑った。

——ぼくは、現実の女になんか興味ないんだよ。

アトリエのストーブで、パンを焼きながら、窓の雪を見つめていたあの日。

——じゃ、先生は自分の描いている少女に恋しているんじゃないですか？

とひやかすと、先生は、

——そうかも知れないね。

と笑った。

だが、その笑いがなんとなくさびしそうだったのを、今でもぼくは覚《おぼ》えている。

先生が自殺したのは、それから一年近くたってからのことであった。

ウイスキーと薬とを併飲《へいいん》した無惨《むざん》な自殺で、その原因は先生の奥さんの不貞《ふてい》ということであった。ぼくたちは知らなかったのだが、先生にはとてもきれいな奥さんがいて、その奥さんがほかの大学のワンダーフォーゲルの学生と駆け落ちしたのだ、ということがあとでわかった。

ぼくは、先生の死後数日して、アトリエに入った。

陽のかげっているアトリエで、ぼくを驚かしたのは、先生の描いた絵であった。カンバスの絵の中の少女が、なにかですっぱりと切り抜かれて、背景だけしか残されていなかったからである。

ぼくはすぐに、先生の仕業《しわざ》だとわかった。先生が、道づれにしていったのだ。自分の描いた絵の少女との心中とは、なんと先生らしい死に方だろう——そう、思って、いつまでもいつまでも立ち去りがたくアトリエに残って、ピグマリオンの神話を思い出していた。

短い秋の日。

「苦しみは変らない、変るのは希望だけだ」

母と息子について——メドウサ

ぼくはまだメドウサに逢ったことがない。だが、だれでも一目見ただけで石になってしまうような、おそろしい怪物というのはどんなものか一度見てみたいと思っていたものだった。

ギリシア神話では、メドウサの住んでいるほら穴のまわりには、人間や動物の形をした石がたくさんあって、それはなにかのはずみにメドウサを見た人や獣《けもの》が、石になってしまったものだということであった。

少年時代、ぼくは一度だけメドウサの写真を見たことがある。それは、髪の毛の一本一本がすべてヘビになってしまっていて、耳は牛のように大きくたれさがっているのであった。

「メドウサも、もとは美しいおとめだったんだよ」と中学の上級生で、詩を書く男が教えてくれた。テニスコートの芝生《しばふ》の上であった。「あんまり美しかったので、アテネに嫉妬《しっと》されて、その美しい巻毛《まきげ》をヘビに変えられてしまったのだよ」

中学を卒業しないうちに、ぼくは母とわかれて、一人暮らししなければならなくなった。

母は生計《せいけい》を立てる仕送りのために、九州に働きに行き、一人残されたぼくは、蝶の採集《さいしゅう》に興味を持つようになっていった。キベリタテハ、クロモンチョウ、といった稀《き》蝶《ちょう》の伝説がぼくの心をとらえ、ぼくはいつもホルマリンの小壜《こびん》を持つ「蝶の誘拐魔《ゆうかいま》」になったのであった。

ぼくは、だんだんとその仕事に興味を持ちはじめるようになり、とんでる蝶をつかまえるのではなく、毛虫のうちから小壜《こびん》の中で育て、それが成長して蝶になるのを待って殺して、標本《ひょうほん》にするようになったのであった。

ぼくは、いつのまにかメドウサの夢を見るようになったが、それは美しい少女が怪物に変ってゆく変身物語が、醜《みにく》い怪物のゲジゲジが蝶に変ってゆく変身物語と、つりあっているように思えたからかも知れなかった。

ぼくは、このメドウサの神話について、あらんかぎりの書物をあさって、むさぼり読んだ。

そして、ペルセウスの運命と、ぼく自身の運命とに類似点を求めるようになっていったのであった。

ペルセウスは、メドウサと逢いながら、石にならなかったたった一人の男である。彼はゼウスとダナエのあいだに生れ、生れてすぐに海に捨てられた。「あの母子は死の運命をひきずっている」とアクリシオスに予言されて、母子ともども箱に入れられて海に流されてしまったのである。

箱の中の母子の漂流記がどんなものであったかについて、今ここに書くことは出来ないが、母とわかれたペルセウスがメドウサの怪物に逢ってみたいと思いついたのには、なにか心に沁《し》みるものがある。

ペルセウスの物語は、怪物狩りをした勇士の物語として後世に伝えられているが、ほんとうは違うのではないだろうか?

ペルセウスは、ほんとうは自殺したかったのだ。メドウサを一目見て、石になってしまいたかったのだ——そして、もう二度と母探しの旅に出ることもなく、草花にかこまれて、メドウサのほら穴のまわりにとどまりたかったのだ。

だが、ペルセウスがそれもかなえられずにメドウサを退治するようになってしまったのは、不条理といえば不条理である。

ぼくが、長じて生きわかれの母と再会したのは、桜の咲くころであった。美しかったぼくの母は長い生活の疲れで、メドウサのように髪はみだれており、「一目見ただけで石にされてしまいそうな」悲しみにあふれていた。

ぼくは、その母の「これからは母子水いらず二人だけで暮らしたい」という願いを断って、また一人で旅に出ようと思ったのは、もしかして、ペルセウスとは逆の気持であったからかも知れない。

咲いた桜の散りこぼれるころ
母は美しく発狂した

冒険について――イカルス

少年時代、ぼくは「空をとびたい」と思っていた。

あの青い空のかなたに、ぼくのほんとうの故郷があるのではないかと思うと、なぜか悲しくなってしまうのだった。

ぼくはリリエンタールの人力飛行機に関する書物や、たった五メートルとんだだけのライト兄弟の記録文献《ぶんけん》を読みふけり、納屋《なや》の屋根裏で電気をつけたまま朝まで「とぶ」ことを瞑想《めいそう》したこともしばしばあった。北国の農家から見る地平線は、いつもすこし傾《かたむ》いて見えたが、それはぼくの歪《ゆが》んだあこがれの反映だったかも知れない。

どうしたらとぶことが出来るか？

どうしたらこの地上から足を離すことが出来るか？

神話の少年イカルスは、とぶために二対《つい》の翼《つばさ》をつくった男である。それを鳥の羽のように腕にはりつけると、まったくほんものの翼と変りなかった。明け方、ひそかに試験してみると結果は上々《じょうじょう》であった。

「おれはとぶのだ」とイカルスは思った。

するともう、父親の「あまり高くとぶなよ、あまり高くとぶと太陽の熱に灼《や》かれてにかわがとける。そうすると翼《つばさ》が落ちて、海に墜落死《ついらくし》してしまうのだ」という忠告なども耳に入らなくなった。

実際、とぶことによって島を脱出したイカルスにとっては、高い空ほど魅力的であったし、禁じられた空ほど自由へのあこがれをいやますのであった。

「もっと低くとぶんだ、もっと低くだ」という父親の声をよそに、イカルスは「より高く、より遥《はる》かな」空をめざしてとんだ。そして、太陽の熱に身を灼《や》かれ、その熱さに心をこがしながらとびつづけ――ついに翼《つばさ》がとけて天からまっさかさまに墜落し、海で死んでしまったのである。

海で死んだ若ものは
すべて　太陽のなかに葬《ほうむ》られる

と、ぼくは詩に書いた。

イカルスはとんだが、ぼくはとべなかった。とぶことはただの冒険だがとぶことを想うことは思想なのだ、とぼくは自分に言いきかせて、せめてもの心を慰《なぐさ》めることにした。

しかし、今でもぼくのとびたいという想いは去らない。

見あげると、もう空は少年時代のように澄《す》んでいず、汚れて、せまくなってしまった。そして、これからもぼくはリリエンタールにもライト兄弟にもなることは出来ぬまま、しだいにものわかりのいい老人になっていってしまうのである。

ぼくはイカルスに、ことばの花束をささげたい。

「もっとも魅力的な男はイカルス、おまえだけだった」と。

海について――グライアイ

――大人になったらなんになるの？

と訊《き》かれるたび、

――船乗りになるんだ。

と答えるのが、ぼくの義務であった。それは、ぼくの生れる前から決まっていた宿命であり、ほかにどんな生き方があるとも思えないのだった。だが高等学校に入るころになると、ぼくの答は少しずつ変っていった。

――大人になったらなんになるの？

と訊かれるたび、ぼくは、

――航海学者になるのだ。

と答えるようになった。

ぼくは、海といっしょに暮らすだけでなく、海のことをもっと知りたいと思うようになったのだ。

ぼくは燈台《とうだい》の近くで少年時代を過ごしたので、屋根にのぼるといつでも海を見ることが出来た。陽当たりのいい土曜日、木のテーブルの上に大きな画用紙をひろげて、ぼくはさまざまな海図《かいず》をつくった。むろん、それはどれもこれも空想の海図で、海流もみなぼくのでっちあげた、でまかせのものにすぎなかった。

たとえば、ぼくは赤道のすぐ下のガラパゴス諸島からすこし離れたところに「ぼくだけの島」を描《か》きこんだ。フンボルト海流などは無視して、まったく新しいオデッセイ海流というのをつくり、その水が太平洋の中央海盆《かいぼん》へ流れこむようにした。

そして、ふだんから悲しいこと、いやなことがあると、すべて海に洗い流してもらうために一人で泳いだものだった。

ところで、そんなぼくが海にわかれを告げたのは十九歳の春である。

ぼくは大学生になって都会へ出て、下宿暮らしをするようになった。ぼくの下宿はガードの下だったので、いつも電車の音に悩まされるのだが、それでも夜明けのまどろみのなかで、ふとどこからともなく聞こえてくる海鳴りの音を聞くことがあるのだった。

大学の最初の夏、ぼくは一人の人妻と恋をすることになってしまった。その人は、ぼくが海の話をするたび、とてもうれしそうに聞いてくれた。ぼくは海の話だけではなく、ぼくの「航海学」のすべてを話してあげて、その人をよろこばせてあげたかった。

なぜなら、海について語ることだけが、ぼく自身について語ることだったからである。セント・ヘレナ島のはじめての山羊《やぎ》、そして地中海の海鳥や、お祝いのダンスをするレイサン島のアホウドリ。

そして、とうとう次の夏、ぼくとその人はぼくの故郷まで海を見に行き、その日むすばれたのだった。その夜、海は暗く荒れていたが、それは二人の前途《ぜんと》が決して祝福されるものではないことを、海の神が知っていたからだろう。

その人は、言った。「あたしはグライアイだわ」と。

二人は、翌日船で島まで行く約束だったが、朝起きてみるともういなかった。どこかへ行ったのか、帰ってしまったのか、いくら探しても見つからず、置手紙さえないのだった。

グライアイというのは、ギリシア神話の中の白髪のおとめである。それは海岸の岩にぶつかる白い波が一瞬にして白髪に変るという「恐怖」をあらわすもので、海へのおそれをあらわすものである。
ぼくは、彼女がなにを悩んでいるのかさえわからぬ、世間《せけん》知らずの十九歳だったことを恥じた。だが、彼女は自殺したのか、家庭に帰ったのか、ぼくには知ることが出来ない。ぼくはただ、ハドソンの海の悲歌《ひか》を思い出して、自分の青春をやりすごしてやるよりほかに、すべを知らないのだった。

美しきものは消え
帰ることなし

天才について——ペガサス

少年時代に、走るのがとても下手だったぼくは、なんとかして素晴しいランナーになりたいものだ、と思っていた。

実際、足が長いし背《せ》も高いぼくは、だれが見ても「速そうに見えた」し、クラス対抗のリレーにはいつも選ばれたものだ。だが調子がいいのはトレーニングをしているあいだだけで、いざスタートラインに立つと急に心臓がどきどきしはじめて、闘志が挫《くじ》けてしまうのであった。

密生《みっせい》したうまごやしの緑の上に、ぼんやりと腰かけて途方に暮れていたぼくに、ペガサスの話をしてくれたのは同級生の野村であった。

野村は古い銅版画《どうはんが》のペガサスとベレロフォンを見せてくれた。そこには羽のはえた一頭の馬が草を食《は》んでいて、その手綱《たづな》を持った一人の若者が遠くを見つめていた。

「こいつは?」とぼくが訊《き》くと、野村は答えた。

「ベレロフォンという男だよ。ふだんはまったくおとなしいふつうの男だが、ペガサスにまたがったときだけは見ちがえるように勇士になって、天までのぼることが出来る。なにしろ、ペガサスって馬は、翼《つばさ》があるからどこまでもとんでゆくことが出来るんだよ」

それからというもの、ぼくはすっかりペガサスの虜《とりこ》になってしまい、空翔《そらか》ける天馬《てんば》を夢にまで見るようになった。


ペガサスはもともとは、ムーサの女神たちの馬である。その美しいたてがみが風になびくと、鞍《くら》なしでも空へ翔《か》けあがる。キマイラという怪物を退治《たいじ》するためにベレロフォンが手に入れた馬で、どんな難題の解決にでも忠実に供《とも》をした、となっているのである。

だが、ペガサスの力を借りて、なんでも出来るようになったベレロフォンは、だんだんと自惚《うぬぼ》れて思いあがったために、神々の怒りをまねくことになった。神に近づくためにペガサスにまたがって、天の一番高いところにまでのぼろうとしたのである。

それを知ったゼウスは、一匹のアブを送ってペガサスを刺させたので、天馬《てんば》は乗り手を投げ出し、ベレロフォンは目がつぶれ、足はきかなくなってしまったのだと言う。

結局のところ、ペガサスを手にいれることの出来なかったぼくは、ランナーになるどころか、なんの天与《てんよ》の力も手に入れることが出来ずに大人になってしまった。

そして、あの日から、競馬の虜《とりこ》になってしまった。

人生にくたびれたある日、場末《ばすえ》の草競馬場で一頭のすばらしく足の速い馬を発見し、その夜厩舎《きゅうしゃ》へしのびこんで行って、たてがみを数本切ってきたのである。

ぼくはそのたてがみをぼくの青春のペガサスの思い出にしようとした。自信を失ったとき、夢を失ったとき、ふと定期入れにはさんでおいたたてがみをとり出してみる。じっと見つめていると、なぜかベレロフォンのような力がわいてくるような気がする。

それにしても、神にまで近づいたベレロフォンと、一介《いっかい》の詩人にとどまっているぼくとのあいだには、なんという大きなひらきがあるのだろう。

ぼくは青空を見ていると、悲しくなってしまうことがある。ぼくがたてがみを切った馬は名もない一頭のサラブレッドで、その父もまた競争馬であったが、ペガサスは馬の子ではなかった。ペルセウスがメドウサの首を切り落としたときに、その血が地面にしみて生れた怨念《おんねん》の馬だったのである。

天才になるのに、血の怨念《おんねん》を必要としなければならなかったとは、神話の時代もまた不幸だったのだな、と思いながら、ぼくは今日もまた働くために、町へ出て行く……。

父親について――タンタロス

タンタロスの神話を読んだとき、ぼくは、父親というものの怖ろしさを思いうかべないわけにはいかないのだった。

ぼくの父は、ぼくの物心《ものごころ》ついたときに死んでしまっていたが、それでもときどき酔《よ》っぱらって帰ってきた父が、「おまえは、俺が死んだと思っているらしいが、俺はまだ生きているのだぞ」と言いながら、ぼくの見ている前で示威的《じいてき》に、煙草《たばこ》のけむりをくゆらして見せるような悪夢にとり憑《つ》かれたものだった。

タンタロスは、神々に御馳走《ごちそう》するために、自分の一人息子のペロプスを殺して大鍋《おおなべ》で煮《に》て食卓にそなえた「父親」である。それが、神々への敬愛のしるしだったのか、あるいは神々をためすつもりだったのかは、謎とされているが、しかし父親というものは多かれ少なかれタンタロスに似たところがあって、いつかはわが子を殺して大鍋の中に煮こんでしまうのだ——とぼくは思っていたのである。

まだ見たことのない父親は、いつも薄汚れた外套《がいとう》を着て、すこし猫背《ねこぜ》なのであった。それは、いかにも弱々しそうであり、ぼくの「冬物語」にふさわしい登場人物を思わせたが、実際にはどうだったのだろう。

「お母さん」と、ぼくは尋《たず》ねたことがある。「ぼくのお父さんは、どんな人だったの？」

すると母はだまって口をつぐんで、横を向いてしまうのであった。

だからぼくは、父親を獄吏《ごくり》として、また死刑執行人《しっこうにん》として、ときにはカリガリ博士か人喰い鬼として、勝手な空想をし、大人になっても、決して「父親」にだけはなるまいと、心に決めていたのであった。

神話の中では、子供の肉の料理をつき出された神々は欺《あざむ》かれず、恐怖と嫌悪《けんお》をもって皿を突きのけると、そんなすさまじいことを二度とさせぬために、見せしめとしてタンタロスをハデスの池に投げこんだと、記されてある。

タンタロスはその池で、首まで水につかりながら永遠の飢《う》えと渇《かわ》きにさらされて、苦しまねばならなかった、というのである。そして、タンタロスが水を飲もうとするたびに、水はすっとひいてしまって、どうしても渇きをとめることが出来ない。

また、溺《おぼ》れているタンタロスの頭上には、果樹《かじゅ》が枝をたれて林檎《りんご》やイチジクや梨《なし》がたわわにたれさがっているのだが、飢えたタンタロスが手をのばすたびに、その枝はさっと高くはねあがって、結局手に入れることが出来ないのである。

タンタロスのこの悲しみもまた、「父親」というものの本質にふれたものである。

多かれ少なかれ、父親は自分の求めているものに裏切られつづけ、いつも欲求不満のままで一生を終るものだと思われたからである。わが子を煮て、神への供物《くもつ》とし、その罰として生涯、欲求不満にさらされつづけたタンタロスを思うとき、ぼくは悲しき父を愛さずにはいられなくなる。

悲しき父よ
その青ざめた頬髭《ほおひげ》よ

と、ぼくは少年時代に、詩を書いたことがある。

だが、ぼくは最後まで父の死の真相を知ることが出来なかった。

ぼくは、殺された子ペロプスが、神の力で生き返り、デメテルの年上の女神にまちがえられて肩の骨の一片を砕《くだ》いたことや、神々が象牙《ぞうげ》でその骨を補《おぎな》ったことを知って、もしぼくがペロプスの運命をたどるのならば、たぶん終生《しゅうせい》、神に守られつづけるだろうという、おかしな自信を持っていたのだった。

だが、そのペロプスもまた、いつかは父となるのだということを知らなかったのである。

長じて、家を構えてからぼくは父の死因を知ったのだった。ぼくは、太宰治《だざいおさむ》の小説の冒頭《ぼうとう》にあった一句、

われは山賊
汝《なんじ》が誇りをかすめとらむ

というのを思い出した。

父は、五月、桜の咲くころ、自殺したのだったのである。

放浪について──オデッセイ

少年時代から放浪《ほうろう》が好きであった。放浪と口笛のない青春なんて、考えられなかったのである。

旅をゆく身と
空飛ぶ鳥は
どこのいずこで果てるやら

という唄を口ずさみながら、夕焼けの坂町に立って地平線を見つめていると、わけもなく目がしらが熱くなってきて、うしろからぽんと肩を叩《たた》かれでもしたら、どっと涙がこぼれ落ちそうな気がしてきたものであった。

遠くを想うと、それだけでやるせなく、胸がしめつけられるような気になってくるのは、男の習性か。

女はいつでも、家をつくる。巣をつくるのも、ねぐらをあたためるのも女、子守唄をうたうのも、あたたかいスープをつくるのも女である。

それにひきかえ、旅をするのは男、漁《りょう》や狩りに行くのも男、そしていつでも「見知らぬ土地」のことを想いつづけているのも男である。

ボードレールは「ここより他の場所」ということばを使った。「ここより他の場所」には、きっとだれかがいるはずだ。「ここより他の場所」には、なにかいいことがあるはずだ、という考え方は、永遠の逃亡《とうぼう》を暗示する。

ギリシア神話で、七つの海をさすらったオデッセイ、長い戦争が終ったあともまっすぐに家へ帰ってこなかったオデッセイのさすらいの原因は、謎だとされている。この永遠の謎を解《と》く鍵《かぎ》は、今もない。

ブリジット・バルドーが主演した映画『軽蔑』の中で、一人の男が青い海を見ながらぼそりとつぶやく。

「ねえ、きみ。オデッセイが、戦後も家へ帰らずにさすらいつづけたわけを教えてやろうか。彼は、夫婦喧嘩をしている奥さんに逢いたくなかったんだよ」と。

この言訳は、たぶん半分くらい真実かも知れない。しかし、半分の真実はどんなことにも見出すことが出来る。むしろ問題になるのは、残りの半分である。

「渡り鳥は、なぜ渡って行くのかわかるかい？」と、高校生時代に同級生の島に訊《き》かれたことがある。

「わかるさ」とぼくは言った。「気象《きしょう》の問題なんだ。寒い土地の好きな鳥もいれば、暖かい土地の好きな鳥もいるのだ」

すると、島は「そうかい？」と言った。そんなことだけなら、島だって学校の理科の時間に教えられて知っていたはずだからである。島は、ぼくを蔑《さげす》むように見て、それから深々と煙草《たばこ》のけむりを吐《は》き出した。

そのとき、島がぼくになにを答えさせようとしたのか、ぼくにはわからない。

ただ、十年後の今年の島の年賀状は、北海道からのものであった。大学を首席で卒業し、みんなに将来を期待されていた島が、なぜ北海道に行ってしまったか。

だれも、彼の消息《しょうそく》を知らない……。

希望について——パンドラ

「アロハ」というのは「こんにちは」の意味だが、「さよなら」の意味もあるのだそうである。「さよなら」と「こんにちは」が、同じことばだというのは、なんという美しいことだろう。ぼくは、人と逢うたびに「アロハ」と手をふる南の島の人たちのことを思いうかべないわけにはいかなかった。

書物をひらくと、インドの「ナマステ」もまた「アロハ」と同じように、「こんにちは」であり「さよなら」でもある。アフリカでは「さよなら」と「こんにちは」を区別する国など、どこにもないのだそうである。

では、日本語ではなぜ「さよなら」と「こんにちは」をきびしく区別するのだろうか？

「こんにちは」ということばは現実のことばだが、「さよなら」は希望のことばだ、と教えてくれたのはぼくの中学時代の歴史の先生だった。先生は、スペインの市民戦争の話をしてくれるので、ぼくたちはいつも放課後も先生のまわりに残っていたものだ。

先生は、もう決して若くはなく、その本箱には二、三冊のスペイン語の辞書とギリシア神話の本があるばかりだった。

「こんにちは」は、いつでも確実な約束であり、健康であり、生産的である。だが、「こんにちは」は、いつでも目の前の現実であって夢ではないのだよ――と先生は言った。

ところが、「さよなら」はなぜだか現実ではない。人はだれでも「さよなら」と言うときに、希望をいだく。だが、「希望は人類の最後の病気だ」ということも知らないで。

――なぜですか?

とぼくは先生に尋《たず》ねたことがある。

――なぜ、希望は人類の最後の病気なのですか？　希望こそ「おはよう」であり、人類にとって、もっとも確実な約束ではないのですか?

と。すると、先生は目を細めて、眼鏡の曇《くも》りを拭《ふ》きながら、
——きみは「パンドラの筐《はこ》」の話を知らないのだね？
と言った。
そして、あのプロメテウスの義理の妹の、世にも美しいパンドラの話を聞かせてくれたのだ。

パンドラとエピメテウスとは結婚した。二人はとても幸福だった。エピメテウスはギリシア語で「あとから考える者」というのだが、その名のとおりに少し血のめぐりのわるい実直な男で、パンドラは肉体美の、妖《あや》しい妻であった。

二人の家には、兄のプロメテウスが残していった筐《はこ》がひとつあった。筐《はこ》は黄金で出来たものだったが、中に入っていたのはすべて病気であり、憎しみ、悪巧《わるだく》み、戦争、妬《ねた》み、嘘、といったものばかりであった。

プロメテウスは、これらの病気が人間のあいだに流行しないように、ひとつの筐《はこ》の中に封《ふう》じこめてしまったのだが、それでも不安だったので出かけるときに、「なにがあっても、決してこの筐《はこ》だけはあけないように」と言い残したのだった。

しかし、パンドラは筐《はこ》の美しさに心を奪われて、プロメテウスがもしかして宝をか

くしていて、それを頭の弱いエピメテウスに守らせるために、勝手な嘘をついたのではないかと思い、あけてしまった。すると、あけた蓋《ふた》のあいだから、病気、憎しみ、盗みなどの、ありとあらゆる悪と病気がとび出して、人間の世界にとび散ってしまったのである。びっくりしたパンドラは、いそいで蓋《ふた》をしめた。

するると、中から弱々しい声で、「わたしも外に出してください」という声が聞こえた。

パンドラは訊《き》いた。

「おまえはいったい、だれ？」

すると筐《はこ》の中から声が答えた。

「私は希望です」

——人類の最後の病気である希望が、この世の病《やまい》のつぐないとして閉じこめられてあったのか、それとも希望もまた悪の一つにすぎないのかは、だれも知ることは出来ないのだろう。

と先生は言った。

だが、人はだれでも「さよなら」を言うときには希望をいだく。たとえそれが人類最後の病気だとしても、「こんにちは」にはないはかない望みについて、ぼくはときどき考えないわけにはいかないのである……。

賭博について――ミダス

賭博《とばく》の思い出というのは、勝ったときよりもむしろ負けたときのほうに多い。

自分が一年かけてためた貯金を全部下ろして賭《か》けた一頭の白い馬が、第三コーナーを曲《ま》がるまで先頭を走っていて、あと百メートルで勝てるというときに、つまずいて落馬してしまった、というようなにがい思い出はぼくにもある。

だが、あの競馬場のたそがれに、負けた馬券だけが散らばっているスタンドで、しみじみと感じるのは、「実人生では決して手に入れることの出来ない敗北の味」ということである。

あれは、男だけの知る悲しみの味だ。

ポール・エリュアールは「悲しみよ、こんにちは」と書いた詩の中で、「悲しみは、みじめさとは違う」と書いているが、ぼくもまた同感である。

ギリシア神話に出てくるミダスは、バラ園の主人であるから、今で言えばさしずめ中小企業の経営者というところであるが、たまたま酔っぱらって迷いこんで来たシレノスを助けてやったことがあった。シレノスは太っちょの老人で、遊蕩《ゆうとう》にあけくれる怠《なま》け者である。競馬競輪と安酒に入りびたりの失業者シレノス。

それを見るに見かねたミダスは自宅へ連れ帰って更生《こうせい》させて帰してやると、シレノスのボスであるバッカス——やくざの大親分が大喜びして、「俺の子分をいたわってくれたお礼に、なんでもお礼をする。望みはかならずかなえてやるから、一つだけ言ってみな」と言った。

欲ばりなミダスは、このときとばかりせきこんで、「それならば一つだけ、わたしの願いを聞いてください」と言った。「手にさわるものがなんでも黄金《おうごん》に変るようにしてほしいのです」

バッカスは笑って、その願いを聞きいれてやった。ミダスは、大喜びで帰っていったが、おかしなことはその夜、さっそく起こったのである。

食事のとき、ミダスが食べようとして林檎《りんご》にさわると、林檎はたちまち黄金になってしまい、食べるにもガチガチというだけで歯がたたないのだ。

そこで今度は豚の焼肉に手をのばしたが、たちまちそれも黄金、口に入れようとして手にふれるものは、スープもサラダもエビも、なにもかも片っぱしから黄金に変ってしまうのだった。

とうとう仕方なしに、ミダスはスープを皿で口飲みし、肉を召使いに自分の口へ放りこんでもらった。しかし、その夜ベッドで妻にふれようとすると、妻もたちまち黄金に変ってしまったのである。

ああ、なんということだ——と、ミダスは黄金の涙をいっぱいたたえて泣いた。

よく、「通算すると儲《もう》かってますか?」とぼくに訊《き》く賭博《とばく》知らずの知人がいるが、そんなときぼくは実に困ってしまうのだ。賭《か》けるたびに儲かってしまうギャンブルなど、なんとむなしいことだろう。それは、まるでミダスの悪夢である。

負けるかも知れないからこそ、ぼくは賭けるたびに緊張し、そして生きている自分を感じることが出来るのだから。

男の嫉妬について――エコー

――きみは嫉妬《しっと》しているんだね？

と言うと、

――そんなことはないよ。

と答える。

――だって、ぼくは愛してないもの。愛してもいないのに妬《や》くことなんかないじゃないか。

こんな会話を交《かわ》したことがある。中学校の裏の土手。夏草の密生《みっせい》している川のほとりに腰かけて、ぼくと同級生のウサギ（というニックネームの友人）とのあいだでである。

「愛してもいないのに妬《や》くことなんかないじゃないか」というウサギのことばは、長いこと、ぼくの心に残っていて――しばしばぼくが嫉妬に似た感情を抱いたときでさえも、「いやいや妬《や》いてなんかいるんじゃない、愛してないんだから」と思いつづけてきた。

しかし、今から思えば、それは男というものを知らない少年の発想にすぎなかった。女と違って、男は「愛していなくとも、嫉妬《しっと》する」ということがあるものなのである。旧約聖書で神エホバは、自分以外の神をおがんだ民に怒って、ノアの洪水《こうずい》を起こし、人類を全滅させようとした。そのとき、エホバの怒りは、ほんとは、男の嫉妬にすぎなかったのである。

男は、女にくらべてはるかに孤独の意味を知っている。だからこそ、自分自身と他との関係が（どんなにつまらない関係でも）、他の要因によって損《そこな》われると、その相手に対して怒りをぶちまけるのである。

中学校の階段に腰かけて読んだギリシア神話の中のエコーの罰《ばつ》は、私にさまざまな推理を思いつかせる。

ナルシスに恋したエコーという少女が、あまりナルシスのことばかり話すので、ゼウスが（妻のヘラをとおして）エコーに与えた罰は、実は嫉妬のせいだと思われるからである。

エコーは、ヘラに呼ばれて、「おまえは、少し余分のことを言いすぎる。これからは余分なおしゃべりが出来ないように、相手のことばの終りの文句しか言えないようにしてやる」と言いわたされたのである。

それからと言うものエコーは自由にものが言えず、ただ相手から言われたことばの最後の部分をくり返すだけになってしまったのである。エコーは、だれかに「おまえは、だれ？」と呼びかけられても「だれ、だれ」と答えるだけだったし、「出ておいで」と呼びかけられても「おいで、おいで」とくり返すだけだったので、だれにも相手にされなくなった。

そして、恋しいナルシスが水浴《すいよく》しているのを林のあいだから見ていて、「だれかそこにいるの？」とナルシスに声をかけられても、「いるの、いるの」と木のかげから答えて、恥かしそうに身をかくすだけになってしまった。

そして、恥かしさと悲しみで、しだいにやせてゆき、とうとう声だけになって消えてしまったのである。

ゼウスが、なぜこんな罰《ばつ》を与えたのかぼくは知らない。ゼウスがナルシスを愛していたと思うのも、いささかの思いすぎのような気もする。

ただ一つだけ——ぼくに言えることは、ゼウスはナルシスの美を嫉妬していたのだということだけである。

水妖記4

1

ある朝　目がさめたら
少女の小指がいなくなっていた

小指を探せ
捜査《そうさ》願いは町じゅうのいたるところに貼《は》り出された

親指はトマトケチャップの壜《びん》を持ち
人差《さ》し指は鏡のなかの自分を差し

中指はピアノを叩《たた》き
親指は酒飲みで港のお人好しのデブ
人差し指はワニ皮のコートを着て感傷旅行の仕度《したく》
中指は手淫《しゅいん》常習の泣きボクロの小間使い
薬指は嫉妬《しっと》深くて嘘つきな修道尼《しゅうどうに》

だが目撃者はいなかった
アリバイは完全だった

2

一五〇年もむかしの支那《しな》に
東インドからやってきた貿易商船が
阿片《あへん》の密輸入をした際《さい》に
ハンコのかわりに小指で捺印《なついん》したそうだよ

3

小指蒐集狂《しゅうしゅうきょう》のカルネアデス氏によると
集めた小指はアルコール漬《づ》けにして壜《びん》にしまっておくよりも
むしろ糸でつないで　吊《つ》っておく方がいいのだそうである
風の木琴《もっきん》　指の琴《こと》

4

あらゆる少女は小指嗜好症《しこうしょう》だからね
吸血鬼《きゅうけつき》のように小指をしゃぶって痩《や》せさせる

5

小指が痩《や》せると月も痩《や》せる

6

さみしいときは　青　という字を書いていると落着くのです
青　青　青　青　青　青　青　青　青
青　青　青　青　青　青　青　青　青

7

小指がいないとさみしいものだ
役に立たないものは　愛するほかはないものだから

花姚記 〈私窩子より〉

口上《こうじょう》

私窩子《しかし》というのは娼婦《しょうふ》のことです。
これは上海猫袋街《しゃんはいねこふくろがい》の、花姚《かちょう》という名の十六歳の娼婦幻想譚《げんそうたん》なのです。
作者からお願いしたいことは、読む前にかならず目を洗ってほしいということです。

猫……多毛症《たもうしょう》の瞑想家《めいそうか》
猫……食えざる食肉類
猫……灰に棲《す》む老嬢《ろうじょう》
猫……殺人事件の脇役
猫……財産のない快楽主義者
猫……唯一の政治的家畜
猫……長靴をはかないときは子供の敵
猫……真夜中のヴァイオリン弾《ひ》き
猫……舌《した》の色事師《いろごとし》

〈私の犯罪百科辞典〉

プロローグ

みんなが寝しずまるのを待って、少女は机の抽出《ひきだし》をあけた。中には、少女の大切なビー玉が入っていた。少女は毎晩、ベッドに入る前にするように、それを数えはじめた。ところが、どうしたことか、ビー玉が一つだけ多くなっているのだった。少女は驚いて数えなおしてみたが、やっぱり一つ多かった。

少女は机の上に、ビー玉を一つずつ並べてみた。すると、なかに一つだけ、闇《やみ》のなかで光るビー玉があることに気がついた。

少女は怖くなり、それからすこしたつと悲しくなった。

そこで、闇の中で光るビー玉をつまみ出して庭に出、それを力まかせに鉄の扉《とびら》に叩《たた》きつけて、こわしてしまった。

その夜から、私の飼猫《かいねこ》のジルの目が、見えなくなってしまったのである。

1

支那《しな》呼吸法《こきゅうほう》の訓練《くんれん》が終ると、今度は古代マオリ族の内臓《ないぞう》体操だった。男は全身の力を抜いて甲板《かんぱん》の上にあおむけになった。帆柱《ほばしら》に二、三羽のかもめが休んでいるのが見えた。

脱身技芸《だつしんぎげい》にはじまった術訓練はこの十日間で、男をげっそりと痩《や》せさせてしまった。間諜《かんちょう》になるのは、並のことではないのだ。しかも、男はだれのために何をスパイするのかの説明をされていなかった。ある日、突然に襲われ、目かくしをされて船に運びこまれ、「間諜としての訓練を受ける」ことを宣告されたのだ。

男は名前を藁《わら》と言った。

まだ十九歳だった。「なぜこうしたことに自分が選ばれたのか」を知りたいと思ったが、船の中では「なぜ」ということばは禁忌《きんき》だった。

藁《わら》は、最初の数日は目かくしをされたままだったので、匂《にお》いによって数人の諜報部《ちょうほうぶ》員《いん》たちを嗅《か》ぎわけなければならなかった。藁《わら》は全裸にされ、船底の荷倉《にぐら》の中にころがされた。灼《や》けて赤銅色《しゃくどういろ》になった臀肉《しりにく》は深々とふたつに割れ、しかもはげしい抗《あらが》いをあらわしていた。

だが、その尻《しり》は諜報部員たちに蹴《け》りあげられて、痣《あざ》だらけになり、繋《つな》がれたまま放《ほう》尿《にょう》したり大便をしたりするので悪臭《あくしゅう》にまみれてしまった。もともと人生にこれといった目的をもたなかった藁《わら》は、彼らの要求が訓練することだとわかると、おとなしく従うことにした。

諜報部員の首領《しゅりょう》らしい男は、いつも西瓜《すいか》の種を噛《か》み破っていたので種《たね》と呼ばれていた。

誘拐《ゆうかい》され、軟禁《なんきん》され、訓練されて七日目に、種《たね》は藁《わら》が甲板に出ることを許した。八日目には首輪を外《はず》し、犬のような四つん這《ば》い歩きから「解放」し、一日のうちの数時間だけ、二本足で立って歩いても構《かま》わない、と言った。

十日目になって、はじめて目かくしが外《はず》された。だが、目かくしの外《はず》された藁《わら》に見ることができたのは、一望《いちぼう》の青い海ばかりしかなかった。

2

上海猫袋街に花姚《かちょう》という私窩子《しかし》がいた。陰鬱《いんうつ》なランプの傘から、大鴉《おおがらす》のような翳《かげ》が生れ、色の蒼《あお》ざめた壁紙には、ほの暗い痩身《そうしん》の影がうつっていた。花姚《かちよう》は十六歳の少女で、盲目だった。

私娼窟《ししようくつ》で長く働かせるためには、人生の色を見せてはならぬ、という〈姚家楼《ちようかろう》〉主人の肉切り包丁《ぼうちよう》の考えで、客をとる少女たちはみんな、盲目にされていた。だが、貧しい長屋から連れて来られ、「これ以上人生の汚濁《おだく》を見ないですむように」盲目にされ、はじめて与えられた阿片煙草《あへんたばこ》は、少女らを「見る苦痛」から救い出すことに充分な効果をあげていた。私窩子《しかし》たちはだれ一人として肉切り包丁《ぼうちよう》を恨《うら》んではいなかった。

盲目の私窩子《しかし》たちの客は、主に船乗りか旅行者だった。時には、刺青《いれずみ》を自慢したり、青龍刀《せいりゆうとう》の刀傷を見せたがる客もいたが、私窩子《しかし》たちは、それを撫《な》でまわし「手で見る」ことに官能のよろこびを感じるのだった。

彼女らは目についての一切《いつさい》の未練《みれん》を捨《す》ててしまい、「目がなくても夢を見ることができる」のではなく「目がないから夢を見ることができるのだ」と思うようになっていた。

「盲目にしておけば」と、肉切り包丁《ぼうちよう》は言った。「逃げ出すことはできんし、それにほかの仕事もできんから、この商売に専心できる。その上、盲目の娘が抱《だ》けるとなると、物珍しさから、ほかの私娼窟《ししようくつ》より客の集まりもよくなる。算盤《そろばん》が大笑いする。こんな、名案はまたとなかろう。ワッハッハッハ」

3

自分でもなぜだかわからなかったが、花姚《かちょう》は自分から抉《えぐ》り出された眼球《がんきゅう》に、異常な興味をもっていた。この十六歳の少女は「見る」ということと、死とがどこかで二重写しになっているような予感をもっていた。

「御主人様」と、花姚《かちょう》は肉切り包丁《ぼうちょう》に尋《たず》ねた。「私の眼球《めだま》は、今どこにあるのでしょうか？」と。

肉切り包丁《ぼうちょう》は答えた。「おまえの眼球は目にちゃんとはまっておるではないか。光っておるぞ」

花姚《かちょう》は首をふった。「いいえ、ガラス玉の義眼《ぎがん》のことではございません。ほんものの眼球のことでございます」

肉切り包丁《ぼうちょう》は、むっとして、不機嫌《ふきげん》そうに言った。「いらなくなったものは捨ててしまったよ。ほかの娘たちの眼球と一緒に！」

毛深い猫が深い悲しみを跳《と》びこえた。

「つまらんことを気にかけるな！」と肉切り包丁《ぼうちょう》が怒鳴《どな》りだした。「それよりも、客のことを考えろ。棺桶商会《かんおけしょうかい》の氾《はん》さんは、おまえが尿《ゆばり》を出し惜しみすると言って気を悪くしていなさるのだ。もっといっぱい麦酒《ビール》を飲んでおいて、噴水《ふんすい》のように噴《ふ》きあげることを考えるんだ。この、白痴《たわけ》が！」

長方形の暗闇の中で、笞《むち》が一閃《いっせん》した。

4

花姚《かちょう》が胡弓《こきゅう》をひきながら唄った歌です。

東支那海《ひがししなかい》　霊安室《れいあんしつ》　出歯亀《でばかめ》男　赤いもめん糸　盲目が四人　むく鳥　他人さま
うらぎり　私生児倶楽部《しせいじくらぶ》　鬼づくし　おゆるし　花町　骨つき肉　遺伝　首なし
秋桜
どれいかなしや　めくらばな
とおい　たこくの　なもしらず
エー　オー　エー　アー　うらわかく　ちりぬるを　しばられて　いんばいや

くろかみに　ひとこいし

5

「実は探して貰《もら》いたいものがあるのだ」と、種《たね》が言った。

「なんです？」と藁《わら》が尋《たず》ねた。

「眼球《がんきゅう》だ」と、種《たね》が答えた。「俺の妹が、上海《しゃんはい》の猫袋街《ねこふくろがい》で私窩子《しかし》をしておるが、その眼球だけを抉《えぐ》りとられて、売りとばされてしまった。買われた眼球は、罎《びん》のアルコールに漬《つ》けられて、偏執的《へんしつてき》な旅行社の男と共に、七つの海を一周しておる、おまえはその男を探し出して、罎《びん》ごと眼球を奪い返してほしい。俺はそれを妹の目にもどしてやり、もう一度この世界を見せてやりたいのだ」と。

「だが、どうやってその男を見つけ出すのです？」と、藁《わら》が尋《たず》ねた。

「手掛りはない」と種《たね》は言った。「港《みなと》々を探しまわるだけだ。だが、俺は急いでいる。眼球があまりに多くのものを見てしまうと、妹の目にもどってから、記憶が混乱し、苦しみがふえるばかりだから」

藁《わら》は、一枚の人相書《にんそうがき》と、先任《せんにん》の眼球探偵たちとの合言葉《あいことば》と、財布《さいふ》とを与えられて、出立《しゅったつ》することになった。合言葉は迷路《めいろ》だった。Aから入って、最初のつきあたりを右へまわり、その三叉路《さんさろ》の真中へすすんでゆくと、鳩がとび立つ。鳩です、と答えれば相手は先任者であり、それ以外の答だったとしたら、すべて敵《てき》だと考えてよい、というのである。

6

犬よりも熱い舌《した》が、ゆっくりと近づいてきた。あおむけにのけぞった花姚《かちょう》は、いま自分の足指が舐《な》められるのを感じていた。

舌がやがてすこしずつ這《は》いあがってくるだろう。そして、丁度《ちょうど》、花姚の両足のつけ根まで来たときに、尿《ゆばり》を噴出《ふんしゅつ》しなければならない。それを長椅子に坐って見ている男の手は、ズボンのチャックの割れ目からあふれ出した毒茸《どくきのこ》のような男根《だんこん》をしごいている。

二人の盲目の少女のからみあいは、こうして連夜つづけられる。舌を使う少女玲華《れいか》は、膝《ひざ》の上まである黒い絹の靴下をはいて四つん這《ば》いで、犬の感情を見せている。

「さあ、今はどのへんを舐《な》められているか言ってごらん」と長椅子の男が濁《にご》った声で言う。「言うんだ」

鸚鵡《おうむ》がけたたましく哄笑《こうしょう》する。花姚《かちょう》は、暗黒星雲のなかに堕《お》ちてゆく一本の色鉛筆を思いうかべている。この色鉛筆が、あたしを塗《ぬ》りつぶしてくれる。恥辱《ちじょく》を、闇と同じ青色で。

「痣《あざ》よ、膝《ひざ》よ」と花姚《かちょう》は叫ぶ。

「もっと上だ、もっと上まで舌はあがってゆくぞ」

「ああ、そこは腿《もも》よ、太腿《ふともも》よ」

「もっと上だ、もっと上まで舌はあがってゆくぞ」

すでに、夢中で犬になりきった舌《した》少女玲華《れいか》の、むき出した尻《しり》からは湯気のようなものが立ちのぼっている。男はからみあった二人の盲目の目のすぐそばへ突き出した男根《だんこん》の引金に手をかけている。発射寸前だ。

「さあ、どこだ！　どこを舐《な》められているんだ！」

二人の少女はからみあい、うめき声をあげながら寝台からころげ落ちる。

「あーッ」という声と共に、花姚《かちょう》の両足のあいだから噴水《ふんすい》のしぶきがあがり、男は目をあいたままそれを顔に浴《あ》びる。

男のズボンは足許《あしもと》にすべり落ちており、その仁王立《におうだ》ちになった足は小刻《こきざ》みにふるえている。「吠《ほ》えろ」と男が怒鳴《どな》り、玲華《れいか》がワン！　と吠《ほ》える。ワン！　ワン！　ワン！　ワン！

犬地獄の快楽苦《かいらくく》だ。花姚《かちよう》は、自分の体が自分の尿《ゆばり》を浴《あ》びて、びしょぬれになっているのを感じながら、うわ言のように玲華《れいか》に言いつづけている。

「舐《な》めて、舐《な》めて……あたしの目を舐《な》めて」

7

「このあたりでアルコール漬《づ》けの小壜《こびん》を持った男を見かけませんでしたか？」と藁《わら》は尋ねた。

酒場には二人の朱儒《しゆじゆ》がいたが、二人とも首を横にふった。

「何が入ってるんだね」とそのうちの一人が訊《き》き返した。「眼球ですよ」と藁《わら》は言った。「十六歳の少女の眼球です」

バーテンの大袋《おおぶくろ》が訊《き》いた。「その眼球は、なにを見たんですか？」

赤い月が出てきた。それは皿洗いの黒人が洗い忘れた一枚の皿だった。港が近いので、海鳴りが休みなしに聞こえている。

「さてね」と藁《わら》は言った。「私にはなにもわかっていないのです。私はなんのために眼球を探さなければならないのか、その眼球は一体なんなのか」

「昔、よく似た話がありましたよ」と、大袋《おおぶくろ》が言った。

「謎の小公園で、殺人事件がありました。ソフトをかむった男が、時計商を殺したのです。

ところが、たまたま木の蔭で、一人の男の子がそれを〈目撃《もくげき》〉してしまったのです。ソフトの男は、だれにも見られていないと思っていただけに、この男の子を怖れました。そして、おそいかかって、男の子の目を二つとも、抉《えぐ》り取ってしまって捨《す》てたのです。

ところが砂場で子供たちがそれを拾いました。殺人事件を見た目玉は、外から見るとガラスのビー玉そっくりでも、空に透《す》かして見るといつでも殺人事件がそのまま見えるので、とうとう重大な証拠物件になってしまって、ソフトの男は逮捕《たいほ》されたそうですよ。

あんたの探している眼球も、きっとなにかを目撃《もくげき》しているのではありませんかね?」

「そんなことは、わからない」と藁《わら》はつぶやいた。

「俺は、ただ指令にしたがっているだけなのだ。そして、合言葉は迷路。右へまわり、突きあたり、その二又《ふたまた》の道を左に入って一度つきあたってから、すこしもどって……」

8

夜空にかがやく一番小さな星は人間の眼球である。

貴婦人のジュジュが自慰《じい》をしていると、かならずカーテンのすきまから、この星が出る。下男《げなん》の星。

9

「このあたりでアルコール漬《づ》けの小壜《こびん》を持った男を見かけませんでしたか?」と藁《わら》は尋《たず》ねた。

天文台の所長は望遠鏡を覗《のぞ》いていたが首をふった。

「問題について法則をたてる以前に、二度も三度もそれを実験し、その実験が同一結果を生ずるかどうかを観察せよ」とダ・ビンチは言った。「科学は将校であり、実践《じっせん》は兵である……」と。

「その壜の中には、眼球が二つ入っているのです」

天文台の所長は、大きな望遠鏡にまたがっているのではなかった。その望遠鏡は、所長の毛深い肛門《こうもん》をつらぬき、さかさまに向いて、所長の内臓の中の暗黒を覗《のぞ》きこんでいるのだった。

藁《わら》は、すっかり迷いこんでしまったらしい、と思った。合言葉《あいことば》は迷路《めいろ》で、真中へゆくと右と左に相似《そうじ》の回路があり、一度それをめぐってくると再び出発点のAにもどってしまう……のだ。

10

「今日はとてもよかったよ」と長椅子の男は言った。「これから、惰眠飯店《だみんはんてん》で鴉片酒でも飲むことにしよう。おじさんは、あすからまた旅行客を案内して、東印度のほうへ旅行に行かなきゃならないんだよ」

二人の盲目の少女は寝そべって、背《せ》からミルクをかけてもらい、体をきれいに洗い流し、手をつないで、男と一緒に、猫袋街道随一《ねこふくろかいどうずいいち》の料理店へ連れて行ってもらった。

鴉片酒と、骨つき肉とスープ。

胡弓《こきゅう》ひきが、いつもの歌をいつもの声で唄っていた。

「そうだ」と、男は言った。「スープに、実《み》がないからいいものを入れてあげよう」

それは、私窩子《しかし》にしては分《ぶ》を過ぎた特別美味《びみ》のスープの実だった。

「いいかい、とてもおいしいマダガスカル島の大豆《だいず》だよ」と男は言った。「こりこりしてて、おいしいだろう?」

大きな木の匙《さじ》ですくって花姚《かちょう》はその大豆を舌《した》でころがし、よく嚙《か》んで、呑《の》みこんだ。

「おいしいだろう?」ともう一度男が言った。花姚《かちょう》は大きくうなずいた。

だが、花姚は自分が今、食べたものが自分の探しつづけている眼球《がんきゅう》だったと、知っているわけではなかった。

書物の国のアリス

切り抜かれたお婆《ばあ》さん

そのハサミは、見たところ、ごくふつうのハサミと変ったところがありませんでした。そこで、アリスは、もしかしたら古道具屋《ふるどうぐや》のおじさんにだまされたのではないかと思いました。

なぜかと言えば、おじさんはお釣銭《つりせん》をくれなかったからです。アリスは、ハサミを買ったお釣《つり》で猫のけむりに、ビスケットを買って帰るつもりでした。

そこで、「お釣《つり》は?」と訊《き》くと、古道具屋のおじさんは首をふって「ない」と答えるのです。

アリスは、びっくりして、

「こんな錆《さ》びた中古《ちゅうこ》のハサミがそんなに高いの?」

と訊《き》きました。するとおじさんは言いました。

「これは、ただのハサミじゃないからね」

それから、アリスの手に持っていたハサミをちょっと手に持って、

「ちょっと見ててごらん」

と言いながら、砂男《すなおとこ》のように目玉をギョロつかせ、かたわらの絵本をとりあげまし

た。それはもう七カ月も売れ残っている鳥の絵本で、表紙には印刷のずれた一羽のモズのペン画《が》が載《の》っていました。

おじさんは、その表紙のモズをじっと見ていましたが、おもむろに、ハサミで切り抜きはじめました。すると、切り抜かれてゆく途中からペン画《が》のモズはバタバタと羽ばたきはじめ、切り抜き終ったところで、一声高く、チチチチッ！　と叫んだかと思うと、古道具屋の店先《みせさき》から、青空めがけて、飛んで行ってしまったのです。

「どうだね？」

と得意そうに、古道具屋のおじさんは言いました。

「このハサミに切り抜かれたものは、みんな生き返るようになっているのさ」

それで、アリスはこのハサミを買うことに決めました。

「けむりや、とても面白《おもしろ》いハサミを買って来たのよ」

と、アリスは言いました。

「さあ、見ててごらん。おまえのお友だちを作ってあげますよ」

アリスはアパートの寝台に腰かけて、猫のけむりにそう話しかけました。それは猫のけむりが、上手《じょうず》に腕を組めるようになったことへのほうびのつもりだったのです。

猫のけむりは、アリスの買って来たハサミを、こわがって、一度は寝台の下に逃げこみましたが、それが自分のヒゲを切るためのものではないとわかると、安心して近よって来ました。

アリスは、「猫の絵本」をひらいて、上機嫌《じょうきげん》で、そこに載《の》っている猫の絵を切り抜きはじめました。一匹、二匹、三匹。たちまち、部屋は猫でいっぱいになってしまいました。切り抜かれた猫たちは、けむりとそっくりの声で、ミャーオ、ミャーオと啼《な》くのでした。

「さあ、けむり。これでおまえはもう、ひとりぼっちじゃなくなったわね」

と、アリスは言いました。

「これからは、月夜にヒステリーを起こして、ヴァイオリンの上を飛んだりはねたりしないでちょうだいね」

切り抜かれた猫たちは、けむりのミルク皿に集まって、ごくごくとミルクを飲みはじめました。

でも、悲しいことに、表《おもて》は、ほんものの猫そっくりなのに、裏《うら》には英語の文字が印刷されてあるのです。(たぶん、裏のページは著者の解説かなにかだったのでしょう)。

そのあくる晩、アリスは、こんどは絵本の最後のページに載《の》っている、孤独なお婆《ばあ》さんを切り抜くことにしました。猫のけむりに、たくさんの友だちができたため、アリスの相手をしてくれなくなったのが原因です。アリスは、お婆さんを切り抜いて、その友だちになろうと思いつきました。見たところ、そのお婆さんは、口やかましくもなさそうだし、ホーキにもまたがっていなかったので、安心だったのです。

アリスは、ハサミを上手に使って、お婆さんを切り抜きはじめましたが、ペン画のお婆さんは、なかなかデリケートに描かれていたため、ハサミで輪郭《りんかく》を切ってゆくのは、思ったよりむずかしいことでした。

そのうち、猫のミルクの鍋《なべ》が煮立《にた》って、ぐずぐず音を立てはじめたので、アリスはそっちのほうへ気をとられてしまい、手もとがすべってお婆さんの鼻を切り落としてしまいました。

「あら、まあ、ごめんなさい！」

びっくりしたアリスは、切りそこなった鼻を、ノリでくっつけようとしたり、セロテープでつなぎあわせようとしたりしてみましたが、うまくいきません。とうとう、鼻のないお婆さんを切り抜いてしまったのです。

切り落とされた鼻のほうはどうなったか、と言うのですか？　それは、アリスの手の上で、悲しそうにひくひくと匂《にお》いを嗅《か》ぎまわっていましたが、どこかへ行ってしまいます。顔のない鼻の怪奇な放浪の話は、またべつの機会に書くことにしましょうね。

さて、切り抜かれたお婆《ばあ》さんは言いました。

「アリスや、おまえは絵ばかり切り抜こうとするから、そんな失敗をするのだよ。文字を切り抜きなさい、文字を。

絵は、目に見えるものだけしか生き返らせることができないけれど、文字はどんなものが跳《と》びだしてくるか、楽しみがいっぱいあるからね」

言われてみると、そのとおりでした。試みにアリスは、かたわらの童話集を手にとって、

もしも願いごとがお馬だったら
浮浪者《ふろうしゃ》はそれに乗るだろう
もしもかぶが時計だったら
ぼくはそれを腰にさげるだろう

という一篇の歌の最初の二行にハサミを入れてみました。すると、本のあいだから

馬にまたがった一人の浮浪者が出てきて、「ありがとう、ありがとう」とアリスに手をふりながら、遠ざかって行くのでした。

そこで、アリスは三行目は慎重に（そして、ほんの少し意地悪に）かぶという二字だけ切り抜いてみました。すると、小さな本のあいだから、本より大きくて真赤なかぶが、ころがり出てきました。

そこで、アリスは、こんどは、時計という二字を切り抜いてみました。すると、やっぱり同じことが起こったのです。本のページとページのあいだで、チック、タック、本全体をゆるがすような鼓動《こどう》がはじまり、ピカピカの懐中時計がすべり落ちてきたのです。

「まあ、死んだおじいさんのよりも立派だわ」

と、アリスは言いました。

でも切り抜かれたお婆さんは、あんまりいい顔をしませんでした。

なぜなら、この詩の意味は、「かぶ」が「時計」と同じものだとしているのであって、ほんとは「時計なんか存在していない」という詩だったからです。それなのに、アリスは欲ばって、かぶも時計も両方手に入れてしまったので、お婆さんは不満だったのです。

それからアリスは、すっかり面白くなってしまって、いろんな文字を切り抜いてみました。羅針盤《らしんばん》、モロッス犬の歯で作ったボタン、緑色の髪の少年の人形、ねじ巻《ま》き式のお母さん、まだ色を塗《ぬ》っていない風見鶏《かざみどり》、笛吹きパイパー、紙のお月さま、レース編《あ》みの暦《こよみ》……生き返ったものたちで、アリスの部屋はいっぱいになってしまいました。

「わあ、出てきた」「わあ、楽しいわ」と、アリスはハサミを持ったまますっかり夢中でした。猫のけむりは、アリスの切り抜こうとする本を跳《と》びこえては、ほんの少しやきもちをやきながら、それでもアリスといっしょになってはしゃいでいました。

問題は、そのあとです。さまざまな文字を切り抜いているうちに、アリスは、ほんのちょっとした好奇心から「愛」という字を切り抜いてしまったのです。

もちろん、アリスは愛がどういうかたちをしているか見たことがなかったので、とても興味があったのと、なんでも生き返らせるハサミをちょっと困らせてやりたいという、いたずらっ気がはたらいたのかも知れません。

ハサミは、愛という字をゆっくりと切り抜いてゆきました。そして、切り抜き終ったとき、アリスは思わず、

「あっ！」

と叫んで、気を失ってしまったのでした。

さて、アリスの切り抜きの悲しいお話は、この先を読者のあなたにつづけてもらわなければならなくなりました。愛という字は切り抜かれて、いったいどんなかたちになって出てきたのでしょうか？

㈠得体《えたい》の知れない（キングコングのような）怪物であった。
㈡なにも出てこなかった。
㈢赤い林檎《りんご》がころがり出てきた。
㈣ひとすじのけむりが立ちのぼった。
㈤愛という活字のままであった。

答は、あなたのノートのいちばん最後のページに書きこんでおいてください。

アリスが消しゴムに恋をした

そうです。これは消しゴムに恋をしたアリスが書いた詩なのです。

消しゴムは
なんでも消すことができます
おしゃべりなみつばちやハンプティ・ダンプティのおじさんを
消してしまうことができます
アリスが猫のけむりをつれて隣《となり》の庭まで
燈心草《いぐさ》をぬすみにゆく夜
見張りのお月さまを消して
まっくらにしてしまうこともできます

アリスのきらいなものは
なんでも消してしまうことができる

三月も七月も九月も
七日も十一日も二十三日も
ありとあらゆる日付を消してしまって
なにもかも思い出に変える
消しゴムは魔法の力を持っているとも言えます

アリス
と書いて　消すと
この世からアリス一人がいなくなる
消しゴムは
ときどき殺し屋でもあるのです

でも
消した余白に、また
アリス、と書く
そしてまた消す　また、アリス、と書く

そしてまた消す　また、アリス、と書く　消す　書く
すると
アリスはいつまでもそこにいられるのに
消しゴムはだんだんすりへって
なくなってしまうのです

消しゴムがかなしいのは
いつも何か消してゆくだけで
だんだんと多くのものが失われてゆき
決して
ふえることがないということです

右に六行分のすばらしいことばが書いてあったのを、消しゴムが消してしまいました。さあ、なんて書いてあったのでしょうか？　思い出そうとしてもアリスは思い出すことができません。どうかかわりに考えてあげてください。

ひとはだれでも、実際に起こらなかったことを思い出にすることも、できるものなのです。

海のリボン

リボンをむすんだ
リボンをむすんだ
そうしたら
帰るお家がなくなった
美しいお嬢さん!

1

絵本のなかの、大きなイボのあるお婆《ばあ》さんが気にかかってしかたがなかった。そこでみずえは、ハサミでそのお婆さんを切り抜《ぬ》いて捨てることにした。

よく洗ったお皿のような月の出ている夜だった。みずえは、寝台の上に絵本をひろげて、そのお婆さんを、切り抜いていった。すると、絵本から抜け出したお婆さんが、突然、口をきいたのである。

「ああ、さっぱりした。同じページにいつまでも棲《す》んでいるのは、あきあきしていたんだ」

おどろいているみずえの膝《ひざ》の上にズカズカと上ってきて、お婆さんが言った。

「心配しなくても、大丈夫《だいじょうぶ》だよ。こんなところに長居《ながい》したりなんかしないからね。あたしは、コーモリ傘とみつくちアヒルの待《ま》っている自分の家へ帰ることに決めているんだ。でも、せっかくあたしを自由にしてくれたんだから、おまえにひとつだけ大切なことを教えてあげよう。

リボンはだめだよ。むすんでひらくと、みんなふしあわせになる黄色いリボン」

なんのことか、よくわからなかったので、みずえがもう一度訊《き》こうとしたとき、風がさっと吹いてきた。切り抜かれたばかりの紙のお婆さんは、とても軽かったので、その風に吹かれて、あっというまにいなくなってしまった。

みずえは、あっけにとられて、そのお婆さんの分だけ空白になっている絵本を見直《みなお》しながら、大きなため息をつくほかはなかった。

「リボンはだめだよ。むすんでひらくと、みんなふしあわせになる黄色いリボン」

そのことばは、冗談《じょうだん》のような気もした。でも、あやしげな呪文《じゅもん》のような気もした。考えれば考えるほど、わけのわからなくなることばなので、みずえは、そんなことはできるだけ早く忘れてしまうほうがいい、と思った。なにしろ、みずえはまだ七歳になったばかりの少女なのだ。

2

七人の
リボンをつけた女の子が
七回おっこちた

井戸だ
ひらひらひら　おちてくリボン
ひらひらひら　かわいそうなリボン

十歳の誕生日に、みずえは贈り物に目ざまし時計をもらった。それはボール紙の箱に入って、黄色いリボンでむすばれてあった。みずえは、時計よりも、その黄色いリボンが気に入って、自分の髪にむすんだ。

鏡に、「どう似合《にあ》う?」と訊《き》くと、鏡は「とてもよく似合うよ」と答えてくれた。そこでみずえは、黄色いリボンを風になびかせて、粉屋《こなや》の手長《てなが》おじさんのところへ見せに行くことにした。

手長おじさんは、いつもみずえに面白《おもしろ》いお話をしてくれる、みずえのたった一人の「友だち」である。みずえは、このおじさんから、「ありとあらゆるものの壜《びん》づめ」の話だの「書き出したらとまらなくなったエンピツ」の話などをしてもらった。

でも、みずえが行ってみると、粉屋は戸をしめきって、手長おじさんの姿は見えないのだった。トントントン。と、みずえはノックしてみた。すると中から、声がした。

「だれだい?」

「あたしよ」

とみずえは言った。

「いいものを見せてあげに来たのよ」

すると、中で手長おじさんが咳《せき》ばらいする声が聞こえた。

「今はダメだよ」

と、おじさんが言った。

「あとでおいで」

みずえは、ちょっと悲しくなって言った。

「あとじゃいや。今がいいの」

しかし、手長おじさんはまた言った。

「今はダメなんだ。あとでおいで」

みずえは、前に一度、粉屋の粉《こな》にまみれて手長おじさんが、女中のマリーとはだかで抱《だ》きあっているのを見たことがある。きっとまた、なにか悪いことをしているんだ、と思った。

すると、急に意地悪してやりたくなった。いきなり、戸をあけてやろう。そうすると、手長おじさんはびっくりして、ゴメンゴメンと言いながら出てきて、黄色いリボンをほめてくれるにちがいない。そう、思うと、矢もたても、たまらなくなった。

そこで、みずえは思いきって戸をあけた。

ヒュー ッ!

と、すごい粉ひき機械の風の音がした。そして、中から突風《とっぷう》のように白い粉が吹き出してきて、みずえの顔にまともにぶつかった。「ああっ、助けて!」と、言うまもなく、粉はみずえの目に突《つ》き刺《さ》さり、みずえの二つの目は、見えなくなってしまった。

そして、かわいそうに、黄色いリボンのみずえは、盲目《もうもく》になってしまったのである。

盲目になってしまってから、みずえは切り抜かれたお婆さんの忠告を思い出した。

「むすぶと、かならずふしあわせになる黄色いリボン」

その最初の犠牲者《ぎせいしゃ》になったのが、みずえだったのであった。

3

花婿《はなむこ》がくわえたリボン
女の子の目かくしリボン
ほどけて蝶《ちょう》になったリボン
売れのこったみどりのリボン
ふしあわせという名前のリボン

どのリボンがいちばん長い？

みずえに捨《す》てられた黄色いリボンは、みちばたの草の上にしばらくそのままになっていた。そこへ一羽の母親つぐみが降りてきて、くわえた。その母親つぐみは七つ子が生れた巣《す》の、かざりにしようと思ったのだった。

ところが、黄色いリボンをくわえたつぐみは、猟師《りょうし》のドンのいい目標になってしまったのだ。猟師のドンは、鉄砲かまえて、ドン！と一発でそのつぐみを撃《う》ち落とした。

かわいそうに、そのつぐみは自分のくわえていたのが、ふしあわせになる黄色いリボンだということを知らなかったのである。

4

つぐみを撃《う》ち落とした猟師ドンは、つぐみが黄色いリボンをくわえていたのを不思議に思った。それでも、手にとってみると、風にひらひらとひるがえる黄色いリボンはとても美しかったので、猟師のドンは娘のサキのために、持って帰ろうと思ったのであった。

猟師のドンの一人娘のサキは、野性的でとても美しい十七歳の少女だったが、かわいそうなことに、口がきけなかった。娘思いの猟師のドンは、なんとかしてサキがことばを話せるようにと、呪《まじな》い師や魔術師のもとに通《かよ》ったり、失《な》くなったことばをさがすために探偵《たんてい》をやとったり、空気ポンプで大量のことばを注入《ちゅうにゅう》したり、マブゼ博士に発声《はっせい》指導《しどう》してもらったりした。

「夢の中では話せる」のに、「現実では口がきけないのだ」ということがわかると、夢と現実とを交換《こうかん》するための手術《しゅじゅつ》をしてもらうことを考えたりもしたし、一千一夜の祈禱《きとう》もやってもらったりもした。

その結果、一生のあいだに三回だけ口をきくことができるというところまでこぎつけた。三回だけ口をきけると決まった夜に父娘《おやこ》は抱《だ》きあって泣き、サキはあまりのうれしさに、つい、

「お父さん、どうもありがとう」

と言ってしまった。ハッと気がついた父親のドンは、

「バカ！」

と言った。

「たった三回しか言えないことばを、こんなことで一回使ってしまうなんて」

その剣幕《けんまく》にびっくりしたサキは、思わず、つい、

「お父さん、ごめんなさい」

と、また言ってしまった。

そして、三回だけの口をきけるチャンスを二回使いはたして、あと一回だけしか残らなくしてしまったのである。

二人は相談して、残った一回のことばは、サキにほんとに好きな人ができたときに、

「あなたを愛しています」

と、心を打ちあけることに使うことにし、その日がくるまでは絶対に使わないことにしたのであった。

そのサキに、最近好きな男ができた。彼は少し足のわるいヴァイオリンひきで、毎日山に一人でやって来て、ヴァイオリンの練習をしていた。それを、遠くから見ながら、サキは彼につよく魅《ひ》きつけられてゆく自分を感じていた。それは、なにか運命的な力のようでさえあった。

サキは、ヴァイオリンひきに一輪《いちりん》の山ユリをあげた。すると、次の日、ヴァイオリンひきは、サキのために、自分のつくった山ユリの曲をひいてくれた。

明日《あした》はとっておきのことばで、

「あなたを愛しています」

と言ってやろう。そう、サキは心に決めていた。そこへ、父親のドンが黄色いリボンを持って帰ってきた。ドンは、上機嫌で、

「どうだい、きれいなリボンだろう」

と言った。

「きっと、おまえによく似合うと思うよ」

明日《あした》はヴァイオリンひきに、一生に一度だけ「ものを言う」大切な日だったので、サキは少しでもきれいになりたい、と思っていた。そこで、サキは喜んでその黄色いリボンを、髪にむすんでみた。

「ああ、とてもいいよ」

と、父親のドンは言った。

しかし、猟師《りょうし》のドンは貧しかったし、それにそんな必要もなかったので、ドンの山小屋には、鏡がなかった。サキは、黄色いリボンをむすんだ自分を見るために、わざわざ、裏《うら》の渓流《けいりゅう》まで下りていって、水に自分の顔をうつしてみた。

それは、年ごろになってはじめてまじまじと見る自分の顔であった。黒くよくのびた髪にむすばれた黄色いリボンは、まるで髪に咲いた花である。あまりの美しさに、サキは思わずため息をつき、

「なんて美しいんでしょう」

とひとりごとを言ってしまって、ハッとした。

だが、気がついたときはもうおそかった。サキは、一生の最後のことばを口にしてしまったのである。

「もう、あの人に会っても、心を打ちあけることができないのだ」

と思うと、サキは悲しくなった。

せっかく、一生に一度だけ「あなたを愛しています」という日を待ちつづけていたのに、その日を前にして、また口がきけなくなってしまったというのは、なんというみじめなことだろう。そう思うと、サキは生きていることが、まるで無意味に思えてきた。

渓谷《けいこく》のせせらぎにうつっている、ひとりぼっちの自分。カワセミの声を聞き、目をとじた。そして、黄色いリボンをむすんだまま、川に跳びこんだ。

5

サキの水死体が見つかったとき、そこにはもう、黄色いリボンがむすばれていなかった。たぶん、ほどけて川を流れてゆき、ひろい海に出たことだろう。

そして、それをひろいあげて、この次にふしあわせになるのはいったいだれなのだろうか、ぼくにはもう書きつづけることはできない。ぼくのペンが、「ふしあわせな物語を書くのはもう、いやだ」と言うからである。

それでも、黄色いリボンが、海のどこかを漂《ただよ》っているあいだは、まだこの世から、ふしあわせが完全になくなってしまったというわけではない。せめてもの救《すく》いは、黄色いリボンが少しでも遠くの沖に流れていってくれている、ということだけである。

リボンをむすんだ
リボンをむすんだ
そうしたら
帰る港がなくなった
美しい水夫《すいふ》さん！

このつづきはもうだれも書くことができない。なぜならボール紙の箱へ封《ふう》じこめて、この世のすべてのふしあわせといっしょに流してやることにしたからである。物語のつづきと黄色いリボンとは、きっと月夜の海で出会うことになるだろう。だから、さようなら。もしも、航海中の海で、黄色いリボンをむすんだボール紙の箱を見つけたとしても、決して拾《ひろ》いあげてはいけないよ。そんなことをしたら、またこの物語のつづきがはじまってしまうことになるのです。

「なみだは、この世でいちばん小さい海である」

家へ帰るのがこわい

かくれんぼは悲しい遊びである。

藁《わら》の匂いのする納屋《なや》の暗闇に身をひそめ、じっと息をこらして鬼の来るのを待っていると外の日暮れてゆく気配が感じられる。

「もう終ったかな」とも思うのだが、うっかり出ていって「見いつけた！」とやられるのが嫌《いや》さにかくれつづけている。かくれているとしだいに時間の感覚が失《な》くなって、まだほんの五分もかくれていないのに、一年もたったような気がしたり、たっぷり二時間もたっているのに、まだ五分くらいかな、と思ったりするようになってくる。

そして「このまま、鬼がやって来なかったら、何年もこの納屋の暗闇の中にかくれていなければならないのだろうか！」と不安になり、なにかとんでもないことをしでかしてしまったような焦躁感《しょうそうかん》におそわれはじめるのである。（もしも、納屋の藁束《わらたば》の中で、かくれたままでひと眠りでもしようものなら、その不安はさらに大きくなる）。

納屋《なや》の戸があいて、一人の男が入ってくる。そして「見いつけた！」と言うのだが、その声が妙にしゃがれているな、と思って出てゆくと鬼はとっくに成人していて、グレイの背広を着て、うしろに若い女をしたがえている。若い女は、赤ん坊を抱《だ》いてにこにこしている。

そして鬼は、すぎ去った二十年以上の歳月のことにはまったく触《ふ》れずに、「ずいぶん、探したんだぜ」と言うのである。

その「ずいぶん」の長さがどのくらいあったのか、かくれているほうには知るすべがない。

ただ、納屋から出てゆくと風景が一変してしまっていて、ほかの遊び仲間たちもみなそれぞれ成人してしまっているというわけである。怖ろしいことには、世界全部が年をとっていくあいだにも「かくれんぼ」だけは年をとらない。「かくれんぼ」はいつも貞淑《ていしゆく》に、約束の鬼のやって来るのを待っている。

だから、かくれんぼは、悲しい遊びなのである。


小さいころから、じゃんけんの下手《へた》だった私は、かくれんぼをするたびに鬼になった。

近所の見知らぬ子も混《ま》じったかくれんぼで、一人残らず見つけ出して鬼を交代するのは、容易なことではなかった。なかでも、意地の悪い子がいて、マンホールの中や、他所《よそ》の家の屋根裏へかくれてしまうと、私には探しようがないのであった。

そこで、私はみんなを困らしてやろうと思って、だれをも探さずにさっさと家へ帰ってしまい、鬼を棄権《きけん》してしまうことがあった。(みんないつまでも、かくれているがいいさ。だが、かくれているあいだに世の中が変ってしまっても知らないぞ）というわけである。

ところが、私がかくれんぼを見張らないでいても、かくれんぼのほうは私を見張っているので、この嫌《いや》がらせはなんの効果もなかった。私が家へ帰ってきて、ハーモニカでも吹いてようものなら「かくれんぼ」の連中が窓の下までやって来て「もう、いいよ」「もう、いいよ」をくり返し、最後には非難するように「鬼、出てこい！」と怒鳴《どな》りちらすのである。

翌日も、翌々日も私が鬼であった。すかんぽの花に日が沈むのを見ながら、私は涙ぐんで「もういいかい」と力なく言って、意地の悪いかくれんぼたちを探して歩いた。しかしみんなは、じつにかくれ方がうまかった。

とくに、私そっくりのそばかすのある子（この子はほんとに私に似ていた）は、やり方が狡《ずる》くて、私が降参《こうさん》してしまうまで出てこなかった。私はその子を、ほとんど憎《にく》んでいた。

そして、ある日、電柱ごしに「もういいかい？」と言いながら、うす目をあけて、その子のかくれて行くほうを見てやろうと思い立ったのである。

「あの子を一番先に見つけ出して、鬼にしてやろう」

私は目かくしの両指のあいだから、みんなの散ってゆくほうを見やった。麦畑へ、私の家の土蔵《どぞう》の裏《うら》へ……とみんなは散ってゆき、その子は、土蔵裏《どぞううら》のマンホールの蓋《ふた》をあけるところであった。私は「もういいよ」という声を聞かぬうちに、その子のあとを追って駈けてゆき、土蔵の裏へまわった。

私が最後に、その、そばかすの子を見たのは、彼の手がマンホールの蓋《ふた》をしめようとしているところであった。やがて、蓋《ふた》がしまると、裏通りはもとのようにしずまり、人っ子一人いなくなってしまった。夕焼けに、長くのびた私の影だけが、マンホールの蓋《ふた》をおおっていた。

(このマンホールは貯油ホールであり、広さは十五坪ぐらいの暗闇で、今は使っていなかったが、昔、冬のあいだの石油を貯《たくわ》えておくために作ったものなのである)。

私は、すぐにこの蓋《ふた》をあけて「見いつけた!」と言ってやろうかと思ったが、考え直した。ちょうど、材木を積んだトラックがやって来たからである。トラックは後退しながら、路地へ入ってきて、私の家の鶏舎《にわとりごや》の増築のための材木を土蔵わきに下ろそうとした。私は、運転手にマンホールの蓋《ふた》を指して言った。

「こっちへ下ろしてくださいよ」

運転手は、ホイ来た! と気軽に言って、マンホールの蓋《ふた》の上へ材木を下ろしはじめた。じつに百五十貫はあろうかという材木の山である。しかも、このマンホールは、平常使っていないものだったので、私も人がかくれているなどとは「知らなかった」のだ。

トラックはやがて去って行き、マンホールの蓋《ふた》は完全に密封された。

私は、ほかの「かくれんぼ」を探して麦畑の中へ入ってゆき「見いつけた！」と大声で叫びながら、えも言われぬ快感がのどにこみあげてくるのを禁じえなかった。

しかし、翌日の新聞には「子供の失踪《しっそう》」記事は出なかった。私はかくれんぼ友だちに、そばかすの子のことを訊《き》いたが、どこの家の子なのかはみんなも、よく知らないと言う。そうしたことは、よくあることだったので、そばかすの（私によく似た）子が仲間入りしなくなっても、だれも気にとめなかった。

翌日、私は一人で土蔵裏へ行ってみた。山と積まれた材木にあったかい日ざしがいっぱい当たっていた。

「もう死んだかな」と私は思った。すると大変なことをしてしまったような気がしたが、今となっては自分の力で材木を動かすことなど、とうてい出来っこないことだったので、黙っていることにした。

そしてそれから、私はぷっつりと「かくれんぼ」をしなくなった。（そばかすの子を、見つけ出さないかぎり、私は鬼の意識から解放されないだろうと思ったからである）。

十五年たった。

都会で、大学を終えて就職し、すっかりサラリーマンになった私は、久しぶりの正月で帰省《きせい》した。私は昔に変らない麦畑の青さに感嘆し、のんびりした気分で（子供のころの）錆《さ》びたハーモニカなどを吹きながら、懐旧《かいきゆう》の情《じよう》にひたっていた。

外套《がいとう》をぬいで「ちょっと散歩して来るよ」と言うと母が、「ああ、ゆっくりひとまわりして来るといいよ」と言ってくれた。

私は下駄《げた》をはいて庭を出て、福寿草《ふくじゆそう》の花の匂いを嗅《か》いだ。それから土蔵の裏へまわってふと、例の「かくれんぼ」を思い出した。あの、私によく似た子はどうしただろうか？

マンホールの蓋《ふた》の上には、もう材木は置いてなかった。ただ蓋《ふた》のまわりには枯れたたんぽぽがはりついているほかは、十五年前と、なにも変ったところがなかった。蓋《ふた》をあけると、中はまっ暗だった。闇の中へ、冬の蝶がひらひらと入って行った。

私も、そっと中へ入りマッチで中を灯《とも》してみた。(あの子の骨があるかも知れない)などと思いながらうずくまると、ホールの中はひやっとするほど空気が冷たい。私は少し奥まで入ってゆき、もう一本のマッチに火をつけようとした。すると、ふいに、マンホールの蓋《ふた》をだれかが閉めようとしているらしい音がした。

私はびっくりして顔をあげた。すると、日ざしをあびた地上に、そばかすの子が(十五年前のままの顔で)蓋《ふた》をしめるのがチラリと見えたのである。

私は「あけてくれ!」と言うつもりだったが、驚きのあまり声にはならなかった。やがて、蓋《ふた》の上にドシン! ドシン! となにか巨大なものが積み上げられるらしい音がした。そのとき、私は材木だなと直感した。(もう、私の力では、とても蓋《ふた》をあけて出ることなどは出来ないだろう)。

地上からは、その子がかくれんぼたちに呼びかける「もう、いいかい?」という声が聞こえてきた。声は、澄んで美しかったが、なんだかひどく聞き覚えのあるものだった。

「もう、いいかい! もういいかい!」

そうだ、と私は思い出した。あれは、まさしく私の声であった。あの子は私になって、かくれんぼの鬼のようにみんなを探しにゆくつもりなのだろう。

そして、日暮れると私の家へ帰ってゆくのだ。家には灯《あか》りがついていて、味噌汁が煮《に》えているだろう。

机の上には、ひらきっ放しの宿題帳があり、空にはやがて星が出る。

私の部屋には、あす学校へ持って行くつもりの大きな凧《たこ》が、壁にかかっているはずである。

思い出の注射します

思い出までは何マイル

思い出までは何マイル?
ローソクともして馬車にのり
たったひとりで出かけたが
ついたものやらつかぬやら?
思い出までは何マイル?

退屈《たいくつ》であくびをしました。今日、百一回目のあくびです。あんまりたびたびあくびをするので、ときどき、あけた口の中へ駒鳥《こまどり》が入ってきて、歯の掃除《そうじ》をして出て行ったりするのです。

港町の小さな病院、〈思い出内科《ないか》〉を開業してから、やって来た患者《かんじゃ》さんはたったの十人。(おお、なんと十年間にですぞ)。わたしはときどき院長に〈思い出内科〉という看板《かんばん》がいけないのだ、と忠告しました。

「思い出をあつかうのは、内科《ないか》というよりは耳鼻科《じびか》ではないか」と。

(なぜなら、思い出というのはファンファンの音楽だの、ポー姉妹社《しまいしゃ》の香水《こうすい》だのに関

係がある、と思ったからです）。でも院長はがんとして、賛成してくれません。そこで、

「内科というのはやっぱりおかしい。たとえば、思い出眼科《がんか》とか、思い出精神科《せいしんか》というほうが、もっともらしいのではないだろうか」

と提案もしてみましたが、院長先生はやっぱり「内科なのだ」と言いはりつづけるのでした。

そんなわけで、看護婦たちはみな辞《や》めてしまい、薬剤師《やくざいし》もこの病院に見切りをつけ、アルコールという名の猫もどこかへ行ってしまって、病院に残ったのはわたしと院長の二人だけになってしまいました。わたしは院長に、

「〈思い出内科〉（思い出ないか）というのは文法的におかしいから、いっそ〝さ〟という一字を入れて、〝思い出さないか〟にすればいい」

と言いましたが、院長は、

「内科は〝無《な》いか？〟のことであるから、まちがいではないのだ」

と言いはり、今日も一日が暮れようとしているのでした。

わたしですか？　わたしは、この病院の副院長兼掃除人《けんそうじにん》、守衛《しゅえい》をやっている、ことし六十一歳の、ダッシメンという者です。

「わたしはだれでしょう」氏

ひまな病院はこまりもの
出しっぱなしの注射器《ちゅうしゃき》に
蝿《はえ》がすみつき六つ子を生んだ
しかたないなあ　ロンドンへ
患者を買いに　行こうかな

と、ブザーが鳴りました。ダッシメンは、まただれかのいたずらだと思いました。でも、ほっておくと、つづけざまに、二回、三回と鳴りました。院長と目をあわせると、院長は「あけろ」という合図《あいず》です。

ダッシメンは、信じられない、というように首をちょっとすくめて見せて、それからできるだけゆっくり歩いて、(つまり、ガッカリするのを少しでもおそくしようと思って)、スローモーションでドアをあけました。

すると、そこによれよれのレインコートのおじさんが一人立っていました。

「なんの用ですか?」

とダッシメンが訊《き》くと、おじさんは、(ほとんど低くて、聞きとれぬような声で)、

「思い出内科は、こちらでしょうか」

と言いました。

「そうですが……」

とダッシメン。

「こんな時間でも、診察《しんさつ》していただけるでしょうか?」

(まさか! とダッシメンは思いました)。それから、大喜びですぐ、「もちろん」と言おうとしましたが、やはり一応、院長に訊《き》いたほうがいいと思い直し、

「しばらくお待ちください」

と引込んで行きました。奥では、もう院長が白衣《はくい》に着がえて待《ま》っていて、ダッシメンが訊《き》くより先《さき》に言いました。

「通しなさい。診断してあげましょう」

くたびれきったレインコートのおじさんは、入って来るとまるで亡霊《ぼうれい》のようにつぶやきました。

「わからなくなってしまった」

「なにがです?」

と院長が訊《き》きかえしました。

「わたしがだれだか、わからなくなってしまったのです」

院長は、もっともらしく聴診器《ちょうしんき》をとり出しました。(でも、中には埃《ほこり》やゴミがいっぱいつまっていて、とても使えるような代物《しろもの》ではありません)。

「わたしは、自分がだれだかをさがしあてるために旅に出ました。でも、だれ一人として、わたしにそのことを教えてくれるひとはありませんでした。

ちょうど、港町の〈靴《くつ》の船《ふね》〉という酒場《さかば》でひと休みしていたとき、(もと、この病院の看護婦をしていたという) ホステスのガーゼという子が教えてくれました。〈思い出内科〉へ行けば、〝思い出の注射〟をしてくれる。そうすれば、味気ない過去のかわりに、愉《たの》しい過去が体に入りこみ、人生が愉しくなる、と」

レインコートのおじさんの表情は、まさに真剣そのものでした。

「お願いです。だれのだってかまわないのです。わたしに、愉しい思い出を注射してください」

思い出をとりかえた――暗室の犯罪

罎《びん》の中にはなにがある？
中をのぞけばまっくらだ
二つの星がひかってた
そとから見れば　一匹の
子猫が出られず　泣いていた

「さあ、どれでも選んでください」

と、院長は棚《たな》の上にずらりと並んだ罎《びん》をさして言いました。

「みんな愉しい思い出ばかりです。ラベルをよく読んで、お好きなのを選んでください」

レインコートのおじさんは、思い出の注射液《ちゆうしやえき》があんまり多いのでおどろいてしまいました。

たとえば「二人だけの風船旅行――ガルパガス島」とか「はじめての舞踏会《ぶとうかい》――少

女ガセーラと共に」とか、「一日百回キッス——いとしのベラドンナ」といったロマンスの思い出のラベルが並んでいます。そのなかから、レインコートのおじさんは無造作《ぞうさ》に一本をとり出しました。それは、「地中海の再会——雨のマドリガル」という壜《びん》でした。

ラベルの解説を読むと、アカプルコで育った領事館《りょうじかん》の少年が、隣家《りんか》の少女と再会し、婚約した半生《はんせい》の思い出をつめた壜《びん》で、

「わたしたちは現在とても幸福なので、過去の幸福な思い出を他人にわけてあげることにしました」

という、本人のサインまでついていました。

よれよれのレインコートのおじさんは、自分がアカプルコの領事館で生れた、というつわりの過去《かこ》を自分のものにすることによって、ときどきは思い出にひたったりすることもできる、というわけです。

「これを、注射してください」

と、おじさんは言って、ダッシメンにわたしました。

ところが、です。ちょっと、いじわる気を出したダッシメンは、その思い出をべつの壜《びん》ととりかえてしまって、何気ない顔で、注射器につめてしまったのです。

たぶん、他人がしあわせになるということに、ダッシメンは嫉妬《しっと》したのかも知れません。あるいは、あまり退屈なので、なにかおもしろい事件でも起こしてやろう、と思ったのかも知れません。
ともかく——ダッシメンがすりかえた他人の過去は、「人形殺しの腹話術師《ふくわじゅつし》」の思い出なのでした。

七つのかぼちゃを跳《と》びこえて

自分の影に追いかけられて逃げてきた
七つのかぼちゃを跳《と》びこえて
どこだ　どこだ
思い出のない町はどこだ？

「どうもありがとう」
と言って、レインコートのおじさんは出て行きました。自分のしてもらった注射が、てっきり「地中海の再会」の思い出だと思っていたのです。心なしか気もはればれとして、空気もあまく感じられ、口笛でも吹きたくなりました。

ところが——ところが、です。

外へ出て、二、三歩も歩かないうちに、突然、だれかが自分のあとをつけてるような気がするのです。だれだろう？　と、おじさんはふりかえりました。

と、頭をかすめるものがありました。あの人形の持ち主の少女かも知れない。おじさんは、三十年前に、自分が殺したフランス人形のことを思い出しました。

それは、おじさんがまだナイトクラブまわりの腹話術師《ふくわじゅつし》をしていたころの話です。おじさんの相棒《あいぼう》の人形のジンタが、フランス人形の少女に恋をしてしまって、まったく言うことをきかなくなってしまったのです。

クラブのショーの最中《さいちゅう》でも、ジンタは勝手に、「ぼくは、アイリス（という名前の人形）が好きなんだ」とか、「こんな腹話術のショーなんかやりたくない」と言いだして、客を怒らせてしまったりするのです。

人形とのコンビがうまくいかなくなったら、腹話術師はおしまいです。どこのクラブにもしめ出されて、おじさんは生活ができなくなってしまいました。そこで、思いあまったおじさんは、ジンタの「目をさまさせてやる」ために、ハサミでフランス人形のアイリスをズタズタにひき裂《さ》いて殺してしまったのでした。

あれ以来、ずっと放浪《ほうろう》してきたが——と、おじさんは思いました。いつも、少女の影におびえてきたんだ。人形を殺された持ち主の少女は、もうすっかり大人になり（イメージのなかでは少女のまま）ハサミを持って、わたしを尾行《びこう》してくる。人形のアイリスの復讐《ふくしゅう》をするため、わたしのうしろ姿をねらっているのだ、と。

そう思うと、心なしか足音がします。ふりむくと電信柱のかげから、ハサミがチョキッ！　という幻覚《げんかく》が見えたりします。

「こりゃ、かなわん」

と、おじさんは逃げだしました。自分の過去が、たった今してもらった注射《ちゅうしゃ》のせいでできあがったのだ、などということに気がつく余裕《よゆう》などないのです。

（とにかく、おれは逃げなければ殺される）、とおじさんは思いました。（おれが殺したあのフランス人形のアイリスのように、ズタズタにされてしまうだろう）。

そして、ほんとに七つのかぼちゃを跳びこえて一目散《いちもくさん》に町はずれのホテルへ向かって、走って行ったのでした。

いつわりに愛をこめて

思い出までは何マイル？
靴《くつ》もはかずに駈けだして
犬に吠《ほ》えられ雨にぬれ
着いたものやら着かぬやら？
思い出までは何マイル？

今にもつぶれそうな古ぼけたホテル「かもめ」に一室をとり、ベッドに横になってやっとひと息。ホーッとため息をついていると、トントン、とノックする音がしました。

おじさんは、ギクッとしました。（こんなところまで、見つかってしまったのだろうか？）そう思うと、ひざがガクガクしはじめました。

「だれだ？」

と言うと、

「あなた、わたしよ」

と、聞きなれない声が聞こえました。

「あけてちょうだい？」

おじさんは、その声が思いのほかやさしそうなので、いくぶん安心して、そっと半分だけあけてみました。すると、そこには見たこともない、美しい夫人が花束を持って立っているのです。

「あなた、わたしよ」

と、夫人は言いました。

「人ちがいでは……」

と、おじさんは言いました。実際のところ、まったく身におぼえのない人だったからです。

ところが、その夫人は、まったく、そんなことに頓着《とんちゃく》せずに、「まあ、レインコートがこんなにしわだらけ」とか、「靴下をこんなに脱《ぬ》ぎちらして」などと言いながら片づけはじめました。まるで、長いあいだ連れそった妻のように（そう、まったく妻のように）です。

たぶん、この夫人はもうとっくに死んでしまった「レインコートのおじさんの妻」の思い出を注射してもらったのでしょう。だから、心はまったく妻であっても外見はまったくちがっているのです。

二人は、お互いに別べつの注射をうってもらい、別べつの思い出を生きながら、顔を見あって、思わずほほえみました。二人とも、途方《とほう》にくれ、それでも、さびしい同士だから仲良くしたほうがいいと、内心で思いました。

「せっかく来てくれたのだから」

と、ようやくレインコートのおじさんが打ちとけたように言いました。

「ワインでも飲もうか」と。

すると、夫人は少女のようにうれしそうにうなずきました。そして、ポツンと言いました。

「年をとるってすてきなことね」

「どうして?」

とおじさんが訊《き》きかえしました。

「だって、そのぶんだけ、思い出がたくさんになるのですもの」

事物のフォークロア

一本の樹にも
流れている血がある
樹の中では血は立ったまま眠っている

＊

どんな鳥だって
想像力より高く飛ぶことはできない
だろう

＊

世界が眠ると
言葉が目をさます

＊

大鳥の来る日　甕の水がにごる
大鳥の来る日　書物が閉じられる
大鳥の来る日　まだ記述されていない歴史が立ちあがる
大鳥の来る日　名乗ることは武装することだ

大鳥の来る日　幸福は個人的だが不幸はしばしば社会的なのだった

＊

一八九五年六月のある晴れた日に
二十一才の学生グリエルモ・マルコニが
父親の別荘の庭ではじめて送信した
無線のモールス信号が

たった今　とどいた
ここへ来るまでにどれだけ多くの死んだ世界をくぐりぬけてきたことだろう
無線電信の歴史のすべてに返信を打とうとして
少年はふと悲しみにくれてしまった

＊

書くことは速度でしかなかった
追い抜かれたものだけが紙の上に存在した
読むことは悔誤でしかなかった
王国はまだまだ遠いのだ

＊

今日の世界は演劇によって再現できるか

今日の演劇は世界によって再現できるか
今日の再現は世界によって演劇できるか

＊

「そうそう　中学生の頃、公園でトカゲの子を拾ってきたことがあった。コカコーラの壜に入れて育てていたらだんだん大きくなって出られなくなっちまった。コカコーラの壜の中のトカゲ、コカコーラの壜の中のトカゲ　おまえにゃ壜を割って出てくる力なんかあるまい　日本問題にゃおさらばだ　歴史なんて所詮は作詞化された世界にしかすぎないのだ！　恨んでも恨んでも恨みたりないのだよ、祖国ということばよ！「大事件は二度あらわれる」とマルクスは言った　一度目は悲劇として、二度目は喜劇としてだ！　だが真相はこうだ！　一度目は事件として、二度目は言語として、だ！　ブリュメールの十八日は言語だ！　連合赤軍も言語だ！　そして俺自身の死だって言語化されてしまうのを拒むことが出来ないのだよ！　ああ、喜劇！」

*

まだ一度も作られたことのない国家をめざす
まだ一度も想像されたことのない武器を持つ
まだ一度も話されたことのない言語で戦略する
まだ一度も記述されたことのない歴史と出会う

たとえ
約束の場所で出会うための最後の橋が焼け落ちたとしても

質問する

今年になって何人に手紙を書いたか
影も住民登録するべきだろうか
ペダルを前車輪から除き、ペダル附属の小歯輪を鎖で後車輪に結びつけるという考え
　はどのようにしてひらけたのだろうか
速度に歴史などあるのだろうか
かくれんぼの鬼に角がないのはなぜだろうか
狼男の本名は何だろうか
書いても呼び出すことのできぬ存在は何だろうか
東京都渋谷区渋谷三―十一―七は喜劇的だろうか悲劇的だろうか
歴史の記述に人力飛行機は役立つだろうか

一分間に何人の名を呼ぶことができるだろうか
星条旗の星はなぜ星座表に出ていないのだろうか
切り裂きジャックの得意の学科は何だったろうか
地球が丸いのにスクリーンが四角なのはなぜだろうか
想像しなかったことも歴史のうちだろうか
十五人乗りの詩はあるだろうか
正しいうそのつき方は幾通りあるだろうか
自由とはただの地名にすぎないのだろうか
ロバとピアノはどっちが早口だろうか
世界一の屑は何だろうか
質問することは犯罪だろうか
親指の親はなぜ父親をあらわしているのだろうか
書物の起源と盗賊の起源は、どっちがさきだったろうか

消されたものが存在する

はじめに私の名前を消す

あいうえお
かきくけこ
さ　すせそ
たちつてと
なにぬねの
はひふへほ
　みむめも
やいゆえよ

あいうえお
かきくけこ
さしすせそ
たちつ　と
なにぬねの
はひふへほ
まみむめも
やい　えよ

あい　えお
かきくけこ
さ　すせそ
たちつてと
なにぬねの
はひふへほ
まみむめも
　いゆえよ

　りるれろ　らりるれろ　らりるれろ
わゐうゑを　わゐうゑを　わゐうゑを
ん　　　　　ん　　　　　ん

次に消す
船
時代
血のつまった袋
歴史的感情

あいうえお　あ　うえお　あい　えお
　き　けこ　か　くけこ　か　くけこ
さ　すせそ　さ　すせそ　さ　すせそ
た　つ　と　　ち　　と　　ち　てと
なにぬねの　なにぬね　　なにぬ　の
はひ　へほ　はひふへほ　はひ　へほ

　みむめも　　みむめも　まみむめも
やいゆえ　　やい　えよ　　いゆえよ
　りる　ろ　らりるれ　　らりるれろ
わゐうゑを　わゐ　ゑを　わゐうゑを
　　　　　　ん　　　　　ん

最後に
二人の名前を消す
二人が同じ場所で出会うために

あいうえお　あ　うえお　あい　えお
　き　けこ　か　くけこ　か　くけこ
さ　すせそ　さ　すせそ　さ　すせそ
た　つ　と　　ち　　と　　ち　てと
なにぬねの　なにぬね　　なにぬ　の
はひ　へほ　はひふへほ　はひ　へほ

　みむめも
やいゆえ
　りる　ろ
わゐうゑを

　みむめも
やい　えよ
らりるれ
わゐ　ゑを
ん

まみむめも
　いゆえよ
らりるれろ
わゐうゑを
ん

懐かしのわが家

昭和十年十二月十日に
ぼくは不完全な死体として生まれ
何十年かかゝって
完全な死体となるのである
そのときが来たら
ぼくは思いあたるだろう
青森市浦町字橋本の
小さな陽あたりのいゝ家の庭で
外に向って育ちすぎた桜の木が
内部から成長をはじめるときが来たことを

子供の頃、ぼくは
汽車の口真似が上手かった
ぼくは
世界の涯てが
自分自身の夢のなかにしかないことを
知っていたのだ

解説　僕と青と荒野と

幾原　邦彦

青は、空であり鳥であり海であり港である。モラトリアムが想う、社会の入り口から見える風景だ。目の前に広がる荒野と空の青。憧れ、恐れ、性、自由、別れ、旅立ち。

僕には幾つの旅立ちがあったのだろうか。ほぼ全てと言っていい、僕にとって旅立ちとは希望に胸膨らますことではなかった。どう想像しても、行く末には仄暗い絶望が横たわっているようにしか思えなかった。それでも旅立つしかなかった。今思うと、無謀の連続だった。人生の岐路で現れる、青だ。

寺山修司は運動の時代、当時の若者の代表として現れた。時代を振り返ると、マスメディアの黎明期だからこそ見つけられた立ち位置だったように思う。きっとそれは時代が求めた新しい作家像だったのだろう。新聞、書籍、映画、テレビ、ラジオ、歌謡曲など、ジャンルに囚われずメディアを横断するトリックスター。サブカルチャーが若者たちの心の中心となっていった時代。承認欲求という言葉を世間はまだ知らなかったが、彼は自覚的だったと思う。運動の時代に暴れる学生たちの中にそれを見ていたのだろう。だから運動の季節が終わった後も、寺山は若者たちを挑発し続けた。

そして本書、ティーンや大人に向けた創作童話のふりをした寺山エッセイである。こんな調子でモラトリアムである僕たちを挑発しているわけだ。ちょっと粋なカフェで女の子に語るホラ話のような楽しさ。これから待ち受ける恐ろしい大人の世界に船出しても、なんとかやり果《おお》せるかもしれないとロマンチックに錯覚できる楽しさ。その軽さがいい。

しかし今や、立派に寺山修司は文学だ。なんてことだ。

この承認欲求の時代に、もし寺山修司が生きていたら僕たちにどんな青を見せたのだろうか。

いや、今となると、そもそも承認欲求は寺山修司が発見したエンタメだったようにすら感じる。なんだ、寺山はカリスマインフルエンサーだったのか。だとしたら寺山修司は今の時代をどう語ったのだろう。サリン事件や阪神・淡路大震災をどう語ったのだろう。アメリカ同時多発テロを、東日本大震災を、コロナ禍を、戦争や格差を、日本人の心の喪失をどう語ったのだろう。

かつて家出をすすめた若者たちが、今やSNSで軽くつながって強盗をする。寺山はきっと彼らにインタビューぐらいはするだろうし、その中には詩人もいるかもしれない。出所した彼らを舞台の演者としてスカウトしそうな気もする。いやいや、多くの若者を集めてカルト集団化して、社会から糾弾されたかもしれない。落ち着きのない老人、いや老害になったような気もする。

僕は寺山修司に会ったことがない。彼の生に立ち会いたかったが間に合わなかった。僕を見つけて欲しかったような気もするし、見つけられたくなんてなかったような気もする。寺山がもっと生きていたら、僕は、このようにここに何かを書くような者にはなれなかったような気もする。僕にとっては、彼の死もラッキーだったのだと思うことにしよう。

だから僕はずっと寺山修司を探している、青だ。

（いくはら・くにひこ　アニメーション監督、作家、脚本家、音楽プロデューサー）

底本／初出一覧

若い手帖　――「早稲田文学0」二〇〇七年、早稲田文学会／「風」1号（早稲田大学教育学部国語国文学科クラス誌）一九五五年、早稲田大学

五月の詩・序詞　――『現代詩文庫105　続・寺山修司詩集』一九九二年、思潮社／『われに五月を』一九五七年、作品社

自己紹介（抄）（海について）
――『寺山修司メルヘン全集3　ひとりぼっちのあなたに』一九九四年、マガジンハウス／『ひとりぼっちのあなたに』一九六五年、新書館

船の中で書いた物語（前書き／海のアドリブ／さよならの壜詰／私が猫だったころ／花をくわえた女／あたしを数えて／世界でいちばん長い煙草／ある夏のロマンス）
――『寺山修司メルヘン全集7　時には母のない子のように』一九九四年、マガジンハウス／『さよならの城』一九六六年、新書館

少女のための海洋学入門　――『寺山修司メルヘン全集4　思いださないで』一九九四年、マガジンハウス／『ふしあわせという名の猫』一九七〇年、新書館

かもめ ——『寺山修司メルヘン全集7　時には母のない子のように』一九九四年、マガジンハウス／『時には母のない子のように』一九六九年、新書館

はだしの恋唄 ——『寺山修司メルヘン全集2　はだしの恋唄』一九九四年、マガジンハウス／『散文詩集　はだしの恋唄』一九五七年、的場書房

ロマンス・バラード＝樅の木 ——『寺山修司メルヘン全集7　時には母のない子のように』一九九四年、マガジンハウス／『さよならの城』一九六六年、新書館

星のない夜のメルヘン（前書き／スターダスト／世界で一番小さい金貨／いるかいないか／ポケットに恋唄を／お月さま、こんにちは／長距離歌手／スクスク／鰐）——『寺山修司メルヘン全集4　思いださないで』一九九四年、マガジンハウス／『はだしの恋唄』一九六七年、新書館

バラード＝樅の木と話した ——『寺山修司メルヘン全集7　時には母のない子のように』一九九四年、マガジンハウス／『はだしの恋唄』一九六七年、新書館

宝石館（前書き／指輪——プロローグのかわりに／ルビー／真珠（1）／真珠（2）／サンゴ／アメシスト／ヒスイ／ダイヤモンド／エメラルド／ガーネット／サファイア／猫目石）——『寺山修司メルヘン全集6　愛さないの愛せないの』一九九四年、マガジンハウス／『愛

さないの愛せないの』一九六八年、新書館

ぼくのギリシア神話〈美の永遠について――プシケ／想像の恋人について――ピグマリオン／母と息子について――メドウサ／冒険について――イカルス／海について――グライアイ／天才について――ペガサス／父親について――タンタロス／放浪について――オデッセイ／希望について――パンドラ／賭博について――ミダス／男の嫉妬について――エコー〉――『寺山修司メルヘン全集3　ひとりぼっちのあなたに』一九九四年、マガジンハウス／『ふしあわせという名の猫』一九七〇年、新書館

水妖記4――『寺山修司メルヘン全集6　愛さないの愛せないの』一九九四年、マガジンハウス／『人形たちの夜』一九七五年、新書館

花姚記〈私窩子より〉――『寺山修司メルヘン全集4　思いださないで』一九九四年、マガジンハウス／『私窩子』一九七三年、ガレリア・グラフィカ

書物の国のアリス――『寺山修司メルヘン全集1　赤糸で縫いとじられた物語』一九九四年、マガジンハウス／「詩とメルヘン」一九七六年五月号、サンリオ

海のリボン――『寺山修司メルヘン全集1　赤糸で縫いとじられた物語』一九九四年、マガジンハウス／「ペーパームーン」一九七六年夏号、新書館

家へ帰るのがこわい　――『寺山修司メルヘン全集2　はだしの恋唄』一九九四年、マガジンハウス／『ひとりぼっちのあなたに』一九六五年、新書館

思い出の注射します　――『寺山修司メルヘン全集1　赤糸で縫いとじられた物語』一九九四年、マガジンハウス／「ペーパームーン」一九七七年八月号、新書館

事物のフォークロア　――『現代詩文庫52　寺山修司詩集』一九七二年、思潮社（底本・初出同）

質問する　――『現代詩文庫52　寺山修司詩集』一九七二年、思潮社（底本・初出同）

消されたものが存在する　――『現代詩文庫52　寺山修司詩集』一九七二年、思潮社（底本・初出同）

懐かしのわが家　――『現代詩文庫105　続・寺山修司詩集』一九九二年、思潮社／一九八二年、朝日新聞

選　杉田淳子（ゴーパッション）
編集協力　笹目浩之（テラヤマ・ワールド）

本書はちくま文庫のためのオリジナル編集です。

本書の本文中には、今日の人権意識と照らし合わせると不適切・不適当な表現が含まれている箇所がありますが、著者が既に故人であること、また執筆当時の時代背景及び作品の文学的価値とに鑑み、そのままとしています。あらゆる差別について助長する意図はありません。

茨木のり子集 言の葉（全3冊） 茨木のり子

しなやかに凜と生きた詩人の歩みの跡を、詩とエッセイで編んだ自選作品集。単行本未収録の作品なども収め、魅力の全貌をコンパクトに纏める。

一本の茎の上に 茨木のり子

「人間の顔は一本の茎の上に咲き出た一瞬の花である」表題作をはじめ、敬愛する山之口貘等について綴った香気漂うエッセイ集。（金裕鴻）

詩ってなんだろう 谷川俊太郎

谷川さんはどう考えているのだろう。その道筋にそって詩を集め、選び、配列し、詩とは何かを考えるおおもとを示しました。（華恵）

山頭火句集 種田山頭火 村上護編 小崎侃・画

自選句集「草木塔」を中心に、その境涯を象徴する随筆も精選収録し、〝行乞流転〟の俳人の全容を伝える一巻選集！（村上護）

尾崎放哉全句集 村上護編

「咳をしても一人」などの感銘深い句で名高い自由律の俳人・放哉。放浪の旅の果て、小豆島で破滅型の人生を終えるまでの全句業。（村上護）

放哉と山頭火 渡辺利夫

エリートの道を転げ落ち、引きずる死の影を詩いあげる放哉。各地を歩いて生きて在ることの孤独と寂寥を詩う山頭火。アジア研究の碩学による省察の旅。

笑う子規 正岡子規＋天野祐吉＋南伸坊

「弘法は何と書きしぞ筆始」「猫老て鼠もとらず置火燵」。天野さんのユニークなコメント、南さんの豪快な絵を添えて贈る愉快な子規句集。（関川夏央）

絶滅寸前季語辞典 夏井いつき

「従兄煮」「蚊帳」「夜這星」「竈猫」……季節感が失われ、風習が廃れて消えていく季語たちに、新しい命を吹き込む読み物辞典。（茨木和生）

絶滅危急季語辞典 夏井いつき

「ぎぎ・ぐぐ」「われから」「子持花椰菜」「大根祝う」……消えゆく季語に新たな命を吹き込む読み物辞典。超絶季語続出の第二弾。（古谷徹）

詩歌の待ち伏せ 北村薫

〝本の達人〟による折々に出会った詩歌との出会いが生んだ名エッセイ。これまでに刊行されていた3冊を合本した〈決定版〉。（佐藤夕子）

すべてきみに宛てた手紙　長田弘

この世界を生きる唯一の「きみ」へ——人生のためのヒントが見つかる、39通のあたたかなメッセージ。傑作エッセイが待望の文庫化！（谷川俊太郎）

言葉なんかおぼえるんじゃなかった　田村隆一・語り　長薗安浩・文

戦後詩を切り拓き、常に詩の最前線で活躍し続けた伝説の詩人・田村隆一が若者に向けて送る珠玉のメッセージ。代表的な詩25篇も収録。（穂村弘）

夜露死苦現代詩　都築響一

寝たきり老人の独語、死刑囚の俳句、エロサイトのコピー……誰も文学と思わないのに、一番僕たちをドキドキさせる言葉をめぐる旅。増補版。

えーえんとくちから　笹井宏之

風のように光のようにやさしく強く二十六年の生涯を駆け抜けた夭折の歌人・笹井宏之。そのベスト歌集が没後10年を機に待望の文庫化！（穂村弘）

先端で、さすわ　さされるわ　そらええわ　川上未映子

すべてはここから始まった——。デビュー作にして圧倒的文圧を誇る表題作を含む珠玉の七編。第14回中原中也賞を受賞した第一詩集がついに文庫化！

水瓶　川上未映子

鎖骨の窪みの水瓶を捨てにいく少女を描いた長編詩「水瓶」を始め、より豊潤に尖鋭に広がる詩的宇宙。第43回高見順賞に輝く第二詩集、ついに文庫化！

春原さんのリコーダー　東直子

シンプルな言葉ながら一筋縄ではいかない独特な世界観の東直子デビュー歌集。刊行時の栞文や、花山周子による評論、川上弘美との対談も収録。

青卵　東直子

現代歌人の新しい潮流となった東直子の第二歌集。花山周子の評論、穂村弘との特別対談により独自の感覚に充ちた作品の謎に迫る。

回転ドアは、順番に　穂村弘　東直子

ある春の日に出会い、そして別れるまで。気鋭の歌人ふたりが、見つめ合い呼吸をはかりつつ投げ合う、スリリングな恋愛問答歌。（金原瑞人）

適切な世界の適切ならざる私　文月悠光

中原中也賞、丸山豊記念現代詩賞を最年少の18歳で受賞し、21世紀の現代詩をリードする文月悠光の記念碑的第一詩集が待望の文庫化！（町屋良平）

土曜日は灰色の馬　恩田陸

顔は知らない、見たこともない。けれど、おはなしの神様はたしかにいる——。あらゆるエンタメを味わい尽くす、傑作エッセイを待望の文庫化！

この話、続けてもいいですか。　西加奈子

ミッキーこと西加奈子の目を通すと世界はワクワク、ドキドキ輝く。いろんな人、出来事、体験がてんこ盛りの豪華エッセイ集！（中島たい子）

なんらかの事情　岸本佐知子

エッセイ？　妄想？　それとも短篇小説？　……モヤッとするのに心地よい！　翻訳家・岸本佐知子の頭の中を覗くような可笑しな世界へようこそ！

絶叫委員会　穂村弘

町には、偶然生まれては消えてゆく無数の詩が溢れている。不合理でナンセンスで真剣だからこそ可笑しい、天使的な言葉たちへの考察。（南伸坊）

柴田元幸ベスト・エッセイ　柴田元幸編著

例文が異常に面白い辞書。名曲の斬新過ぎる解釈。そして工業地帯で育った日々の記憶。名翻訳家が自ら選んだ、文庫オリジナル決定版。

翻訳教室　鴻巣友季子

「翻訳をする」とは一体どういう事だろう？　第一線の翻訳家とその母校の生徒達によるとっておきの超・入門書。スタートを切りたい全ての人へ。

買えない味　平松洋子

一晩寝かしたお芋の煮っころがし、土瓶で淹れた番茶、風にあてた干し豚の滋味……日常の中にこそある、おいしさを綴ったエッセイ集。（中島京子）

杏のふむふむ　杏

連続テレビ小説「ごちそうさん」で国民的な女優となった杏が、それまでの人生を、人との出会いをテーマに描いたエッセイ集。（村上春樹）

たましいの場所　早川義夫

「恋をしていいのだ。今を歌っていくのだ」。心を揺るがす本質的な言葉。文庫用に最終章を追加。帯文＝宮藤官九郎　オマージュエッセイ＝七尾旅人

うれしい悲鳴をあげてくれ　いしわたり淳治

作詞家、音楽プロデューサーとして活躍する著者の小説＆エッセイ集。彼が「言葉」を紡ぐと誰もが楽しめる「物語」が生まれる。（鈴木おさむ）

いっぴき　高橋久美子

初めてのエッセイ集に大幅な増補と書き下ろしを加え待望の文庫化。バンド脱退後、作家・作詞家として活躍する著者の魅力を凝縮した一冊。

家族最初の日　植本一子

二〇一〇年二月から二〇一一年四月にかけての生活の記録（家計簿つき）。デビュー作『働けＥＣＤ』を大幅に増補した完全版。

月刊佐藤純子　佐藤ジュンコ

注目のイラストレーター（元書店員）のマンガエッセイが大増量してまさかの文庫化！　仙台の街や友人との日常を描く独特のゆるふわ感はクセになる！

名短篇、ここにあり　北村薫／宮部みゆき編

読み巧者の二人の議論沸騰し、選びぬかれたお薦め小説12篇。となりの宇宙人／冷たい仕事／隠し芸の男／少女架刑／あしたの夕刊／網／誤訳ほか。

なんたってドーナツ　早川茉莉編

貧しかった時代の手作りおやつ、日曜学校で出合った素敵なお菓子、毎朝宿泊客にドーナツを配るホテル、哲学させる穴……。文庫オリジナル。

猫の文学館Ⅰ　和田博文編

寺田寅彦、内田百閒、太宰治、向田邦子……いつの時代も、作家たちは猫が大好きだった。猫の気まぐれに振り回されている猫好きに捧げる47篇!!

月の文学館　和田博文編

稲垣足穂のムーン・ライダース、中井英夫の月蝕領主の狂気、川上弘美が思い浮かべる「柔らかい月」……選りすぐり43篇の月の文学アンソロジー。

絶望図書館　頭木弘樹編

心から絶望したひとへ、絶望文学の名ソムリエが古今東西の小説、エッセイ、漫画等々からぴったりの作品を紹介。前代未聞の絶望図書館へようこそ！

小説の惑星　ノーザンブルーベリー篇　伊坂幸太郎編

小説って、超面白い。伊坂幸太郎が選び抜いた究極の短編アンソロジー、青いカバーのノーザンブルーベリー篇！　編者によるまえがき・あとがき収録。

小説の惑星　オーシャンラズベリー篇　伊坂幸太郎編

小説のドリームチーム、誕生。伊坂幸太郎選・至高の短編アンソロジー、赤いカバーのオーシャンラズベリー篇！　編者によるまえがき・あとがき収録。

思考の整理学　外山滋比古
アイディアを軽やかに離陸させ、思考をのびのびと飛行させる方法を、広い視野とシャープな論理で知られる著者が、明快に提示する。

質問力　齋藤孝
コミュニケーション上達の秘訣は質問力にあり！これさえ磨けば、初対面の人からも深い話が引き出せる。話題の本の、待望の文庫化。（斎藤兆史）

整体入門　野口晴哉
日本の東洋医学を代表する著者による初心者向け野口整体のポイント。体の偏りを正す基本の「活元運動」から目的別の運動まで。（伊藤桂一）

命売ります　三島由紀夫
自殺に失敗し、「命売ります。お好きな目的にお使い下さい」という突飛な広告を出した男のもとに、現われたのは？（種村季弘）

こちらあみ子　今村夏子
あみ子の純粋な行動が周囲の人々を否応なく変えていく。第26回太宰治賞、第24回三島由紀夫賞受賞作。書き下ろし「チズさん」収録。（町田康／穂村弘）

ベルリンは晴れているか　深緑野分
終戦直後のベルリンで恩人の不審死を知ったアウグステは彼の甥に訃報を届けに陽気な泥棒と旅立つ。歴史ミステリの傑作が遂に文庫化！（酒寄進一）

向田邦子
ベスト・エッセイ　向田邦子　向田和子編
いまも人々に読み継がれている向田邦子。その随筆の中から、家族、食、生き物、こだわりの品、旅、仕事、私……、といったテーマで選ぶ。（角田光代）

倚りかからず　茨木のり子
もはや／いかなる権威にも倚りかかりたくはない……話題の単行本に3篇の詩を加え、高瀬省三氏の絵を添えて贈る決定版詩集。（山根基世）

るきさん　高野文子
のんびりしていてマイペース、だけどどっかヘンテコな、るきさんの日常生活って？　独特な色使いが光るオールカラー。ポケットに一冊どうぞ。

劇画　ヒットラー　水木しげる
ドイツ民衆を熱狂させた独裁者アドルフ・ヒットラーとはどんな人間だったのか。ヒットラー誕生からその死まで、骨太な筆致で描く伝記漫画。

ねにもつタイプ 岸本佐知子
何となく気になることにこだわる、ねにもつ。思索、奇想、妄想はばたく脳内ワールドをリズミカルな名短文でつづる。第23回講談社エッセイ賞受賞。

TOKYO STYLE 都築響一
小さい部屋が、わが宇宙。ごちゃごちゃと、しかし快適に暮らす、僕らの本当のトウキョウ・スタイルはこんなものだ！ 話題の写真集文庫化！

自分の仕事をつくる 西村佳哲
仕事をすることは会社に勤めること、ではない。仕事を「自分の仕事」にできた人たちに学ぶ、働き方のデザインの仕方とは。（稲本喜則）

世界がわかる宗教社会学入門 橋爪大三郎
宗教なんてうさんくさい⁉ でも宗教は文化や価値観の骨格であり、それゆえ紛争のタネにもなる。世界宗教のエッセンスがわかる充実の入門書。

ハーメルンの笛吹き男 阿部謹也
「笛吹き男」伝説の裏に隠された謎はなにか？ 十三世紀ヨーロッパの小さな村で起きた事件を手がかりに中世における「差別」を解明。（石牟礼道子）

増補 日本語が亡びるとき 水村美苗
明治以来豊かな近代文学を生み出してきた日本語が、いま、大きな岐路に立っている。我々にとって言語とは何なのか。第8回小林秀雄賞受賞作に大幅増補。

子は親を救うために「心の病」になる 高橋和巳
子は親が好きだからこそ「心の病」になり、親を救おうとしている。精神科医である著者が説く、親子という「生きづらさ」の原点とその解決法。

クマにあったらどうするか 姉崎等 片山龍峯
「クマは師匠」と語り遺した狩人が、アイヌ民族の知恵と自身の経験から導き出した超実践クマ対処法。クマと人間の共存する形が見えてくる。（遠藤ケイ）

脳はなぜ「心」を作ったのか 前野隆司
「意識」とは何か。どこまでが「私」なのか。死んだら「心」はどうなるのか。――「意識」と「心」の謎に挑んだ話題の本の文庫化。（夢枕獏）

モチーフで読む美術史 宮下規久朗
絵画に描かれた代表的な「モチーフ」を手掛かりに美術を読み解く、画期的な名画鑑賞の入門書。カラー図版約１５０点を収録した文庫オリジナル。

ちくま文庫

さみしいときは青青青青青青青《あおあおあおあおあおあおあお》
——少年少女《しょうねんしょうじょ》のための作品集《さくひんしゅう》

二〇二三年十月十日　第一刷発行

著　者　寺山修司（てらやま・しゅうじ）
発行者　喜入冬子
発行所　株式会社　筑摩書房
東京都台東区蔵前二―五―三　〒一一一―八七五五
電話番号　〇三―五六八七―二六〇一（代表）
装幀者　安野光雅
印刷所　中央精版印刷株式会社
製本所　中央精版印刷株式会社

ISBN978-4-480-43911-6　C0192